Collection

Cinq mots pour une histoire

Jo Le Lay

Florilège

Tome 4

Edition limitée
Grain de CEL
Ancre des Mots 2019

© 2019, Jo Le Lay

Éditeur : BoD-Books on Demand
12-14 rond-point des Champs-Élysées,
75008 Paris
Impression : Books on Demand, Norderstedt,
Allemagne

ISBN : 978-2322133109
Dépôt légal : 2019

Préface

« Un peu de poésie dans un monde de brutes » entend-on souvent au détour des conversations comme si ceux qui se tiennent à l'écart étaient convaincus, un instant, de son utilité. J'en veux pour preuve de son importance à la lecture de ce sonnet pour Grégory et Emeline chantant l'amour ou encore ce poème pour Robert l'être aimé qui regagne l'autre rive. Le poème se montre toujours à la lisière des sentiments universels, des petits plaisirs de la vie le long des quais de Seine même quand un portable sonne la fin d'un rêve.

La poésie est comme en attente. Je suis persuadé qu'elle vit en nous tel un patrimoine génétique. Aller à sa recherche, demande un effort. René Guy Cadou confirme cette idée en disant qu'elle est inutile comme la pluie. Alors, arrosons-nous de ses gouttes de simplicité, de ses arcs-en-ciel de beauté, de ses averses sur la terre profonde. Aurélie l'a bien compris en passant le baccalauréat. Godot le poète ne viendra pas. Il ne suffit pas de s'autoproclamer poète, de se dire haut et fort que l'on est ou sera poète parce que la poésie, tapie dans un coin de l'âme, attend que quelque chose se passe. Lire jusqu'à rendre gorge, écrire, sont les deux pendants de cet art majeur, le premier. C'est alors qu'elle se donnera. La lecture assidue des auteurs classiques est aussi incontournable que nécessaire.

Vous trouverez, dans ces textes, la certitude de ses bienfaits. Tout y est. J'ai lu et, si besoin est, j'avoue à nouveau en être convaincu.

Jean-Albert Guénégan [1]

---

[1] https://fr.wikipedia.org/wiki/Jean-Albert_Guénegan

Ce jour–là, il rentra chez lui heureux bien que les ventes soient modestes. Ecrire et lire étaient essentiels, la vérité finalement ne se trouvait-elle pas là ?

Jean-Albert Guénégan

Dans « Dimitri et les livres »

Table des matières

FABLIAU

FABLIAU A LA GLOIRE DE L'ANE IOKO — 3

Pour Brigitte Blot

POEMES

UN PEU DE POESIE DANS CE MONDE DE FOLIE — 7

Pour Fabienne

SONNET — 9

Pour Gregory et pour Émeline

EN ATTENDANT LE BACHOT — 11

Pour Aurélie

POUR ROBERT — 15

De la part de Jo

SKETCH

« MON PSY M'A DIT* » — 19

Pour Gégé de la part de Bibi

CONTES POUR LES ENFANTS

FRAMBOISE ET CITRON

FRAMBOISE ET CITRON — **29**

Pour Caroline

LE RANGEMENT DE LA CHAMBRE — **33**

Pour Sylvain*

LE GOUTER — **35**

Pour Cléa

JOJO L'ESCARGOT

BRONZAGE INTEGRAL — **39**

Pour Michèle

LE RETOUR DE L'ENFANT PRODIGUE — **43**

Pour Michèle

LE RETOUR DU HEROS — **47**

Pour Michèle

JANICK

LE CONTE DE LA GENTILLE SORCIERE MAMICK — **53**

Pour Janick

UNE DISPARITION INQUIETANTE   **59**

> De la part de Jannick

LE RECETTE DE LA PATE A CREPES   **67**

> De la part de Janick (suite)

CONTES POUR LES ADULTES

LA NUIT DU DRAGON   **77**

> Pour Lise du Québec

LA NUIT DU SABLIER   **85**

> Pour Lise G.

« LA TRES SCIENCE N°1 »   **93**

> Pour Marie-Claude G.

TU VAS ETRE TONTON!   **101**

> Pour Adrien

MANGA!   **107**

> Pour Élo B.

SF

SCIENCE FICTION   **113**

> Pour Fred B ... et ses garçons!

CHANSONS ET COMPTINES

COMPTINE POUR AMAURY   119

> Pour Véronique F.

P'TAIN D'CARIBOU*   123

> Pour Clément de la part de
> Mathilde, Chloé et Françoise

LA CAMPAGNOLE, VOUS CONNAISSEZ ?   127

> Pour Yveline ET tous ceux qui en
> ont marre des politocards français

LETTRES OUVERTES

LETTRE A MA VOISINE   133

> Pour Marie-Neige

POUR TOI GWEN, LA-HAUT...   141

> De la part de Michèle et de Jo

LETTRE POUR MON VOISIN   143

> Pour Paul F.

CARNET ROSE   147

> Pour Solène, Marie-Anne et Julie

LETTRE OUVERTE A EMMANUEL ET A MARINE   149

> De la part de Jo

L'HOMME AUX 10 000 ENFANTS   **153**

Pour Sylvie L.

LETTRE A EMMANUEL M.   **157**

De la part de Jo

DIALOGUES

JEAN-PAUL ET TRUDY ENTRE LES DEUX TOURS 165

Pour Michèle et Annick

JEAN-PAUL ET TRUDY TIRENT LEUR REVERENCE
169

Pour les amis des peluches

BD

LA LA LA LA LA LAAAAA!   **179**

Pour tous mes amis présents ou absents

SURPRISE ...   **185**

POSTFACE   **187**

CONCLUSION & REMERCIEMENTS   **195**

NON MAIS VOUS VOUS RENDEZ COMPTE ??? ON L'A FAIT!!!!!!!!!!!!!   **195**

Pour : Adrien, Agnès, Annick, Aurélie, Bernard F, Bernard L Bibi,

Caroline, Catherine T, Chantal, Chloé, Chloé LM, Christine (Kiki)Cléa, Clément, Christian, Clovis, Danielle, Élisabeth, Élodie B, Émeline, Emmanuel, Éva, Fabienne, Fanch, Fred B, Fred C, Frédérique, Guillaume, Gwen, Hervé, Janick, Janine, Jean-Claude, Joël, Julie P,Katell, Lise B, Lise G, Magelline, Marie & Jacky, Kiki, Marie-Anne, Marie-Neige, Marie-Pierre, Marie-Thérèse, Marique, Marie-Claude L, Michel, Michel S, Michèle, Michelle,Mimile, Ney, Nicole SdL, Pascale, Patrick, Paul, Philippe, Pierre, Pierre L, Robert, Rokdun, Sandrine, Sophie L, Sylvain, Sylvie L, Théo, Tylah, Vava, Véro Fa, Véro Fi, Véronique K, Yveline, Yves, Zoé, et toutes celles et ceux qui n'ont pas facebook ou bien qui n'ont pas osé jouer à notre défi mais qui ont lu vos histoires. Un GRAND merci!

AUTRES LIVRES DU MEME AUTEUR

FABLIAU

A l'occasion du Salon « Grain de CEL - L'Ancre des mots » de Septembre 2019, voici un petit Fabliau en souvenir de cet événement.

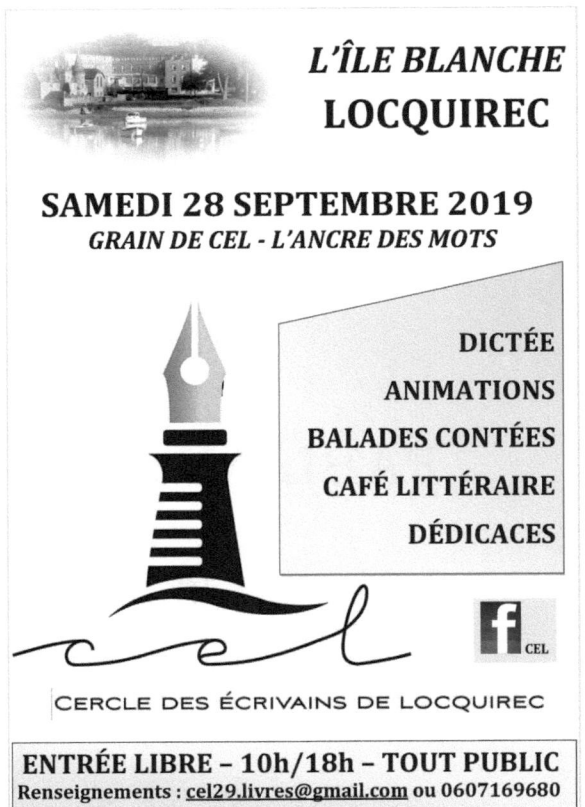

Pour toutes informations sur le Cercle des Écrivains de Locquirec, vous pouvez contacter : Patricia Guillemin , Secrétaire du CEL . Par téléphone : 06 07 16 96 80 ou par mail : cel29.livres@gmail.com.

Fabliau à la gloire de l'âne Ioko

Pour Brigitte Blot

Tandis qu'il avançait sans effort apparent
Portant un lourd fardeau arrimé sur son dos
À coup d'oreilles en perpétuel mouvement
L'âne Ioko se rafraîchissait le cerveau.

Il avait, bien entendu, toute confiance
En cette humaine qui lui tenait la bride.
Il aimait lui faire croire qu'elle menait la cadence
Sur ce sentier bourbeux, sous cet air humide.

Or donc le quadrupède in petto pensa :
À moi on ne la fait pas; cette sente-là
Je ne la sens pas; trop de boue ou trop de pluie nuit
Je m'arrête net. Il y va de mes abattis.

L'équidé stoppa, la muletière dérapa.
Elle finit donc sur son séant,
Les pieds dans le vide ballants.

Sachez mesdames et messieurs
Qu'un âne inquiet en vaut deux.

Quand il sent poindre un danger,
L'animal loin d'être têtu
Avise aussitôt in situ.

L'affaire se passait en surplomb du Douron.
L'estuaire gonflait et le flux grossissait
La berge s'affaissait car la pluie redoublait
La marée bouillonnait sous les piles du vieux pont.

Le lais céda, la rive glissa, Brigitte chuta
Dans un flot d'écume, de varech, d'embruns.
Miraculeusement elle tenait dans son poing
La longe, ligne de vie la reliant à son âne.

Il tira, il s'arquebouta, il recula.
Il la sauva. Elle lui devait la vie. Ainsi
Elle comprit que ce travers n'était point défaut
Car chez l'âne, ce ne peut être qu'un cadeau.

POEMES

Un peu de poésie dans ce monde de folie

Pour Fabienne

Avec les mots *(ouais disons plutôt les groupes nominaux!!!!)* cerisier du Japon en fleurs, petite moto rouge et blanche, quais de Seine, chaussures vernies, valise à roulettes *(c'est bien parce que c'est une amie de la Région Parisienne en mal de pouaisie, hein! Mais que cela reste une exception!).*

Balade bucolique à travers la folie urbaine

Quand enfin la journée de travail harassant
Fait place à la sortie, suivez-moi. Perdez-vous
Dans les rues de Paris. Voyez-la au Printemps.
Elle offre ses îlots de verdure partout.

Poussez une porte, passez sous un porche
Arrêtez votre temps et étonnez vos yeux.

Le long des quais de Seine, vos chaussures vernies
Vous feront passer de la ville au paradis.

Et dans le tintamarre incessant des moteurs
Voyez ces amoureux qui respirent le bonheur.

Majestueux cerisiers du Japon tout en fleurs
Vrillez nos sens de vos odorantes couleurs.

Ici, arrêtez un peu vos pas et voyez
La poésie qui flotte juste sous votre nez :
Le léger trait pastel bien caché, sous les branches
D'une simple petite moto rouge et blanche.

Et là, vous écoutez sous un saule pleureur
Un si bel air de jazz joué par un quintet
Que, sans hésiter, vous déposez de bon cœur
Quelques piécettes dans leur valise à roulettes.

Hélas en cette si belle fin de journée
Votre portable sonne, fin du rêve éveillé
Vous rompez la magie et tournez les talons
La routine vous attend, rentrez à la maison.

Sonnet

<u>   Pour Gregory et pour Émeline</u>

Avec les mots : rivage, lanterne, femme, souffle, verre

J'aime me promener le long de ce rivage
Où, tel un Bateau Ivre, s'échoue mon âme grise.
Sentir le souffle vif et iodé de la brise
Piquer de larmes de verre mon visage.

J'aime me reposer sur ton amour mâture
Fort et tenace, tendre, doux, fragile aussi.
Mon mari, mon abri, lanterne dans mes nuits
Moins sombres, adoucies par ton regard si pur.

J'aime, comme toutes les femmes, me sentir
Émue, désirée, respectée. Et défaillir
Sous tes mots apaisants, sous tes baisers ardents.

J'aime enfin savoir que, dans mes pires cauchemars,
Tes bras me protègent, me sauvent, me parent
De mille caresses, douceur et tendresse.

En attendant le bachot

Pour Aurélie

Avec les mots : cookie, rimbalidien, Godot, piano, sens

Aurélie révise assidûment. Le bac arrive bientôt.
Elle est bonne élève, elle travaille régulièrement,
là n'est pas le problème.
Non.
Son souci serait plutôt pour « l'après bachot ».
Elle aime la littérature.
Française pour ses poètes, anglo-saxonne pour
son théâtre.
Et pas uniquement le maître Shakespeare. Elle a
une tendresse particulière pour l'irlandais
Samuel Beckett et son verbiage. Sa pièce
préférée : « En attendant Godot ».
Ces deux pauvres gars qui ont rendez-vous avec
le fameux Godot, qui ne viendra pas.
Le mari de l'Arlésienne en quelque sorte! Aurélie
a de l'humour.
Godot. Un mythe, un espoir, un messie pour ces
deux pauvres gars qui visiblement attendent
tout de lui. Mais ils ne le verront jamais.
Machinalement la main d'Aurélie attrape un
cookie, sa faiblesse, sa folie.
Un sourire apparaît; elle a cartonné au bac de
français l'an dernier.
Elle admire la poésie du courant rimbaldien :
Arthur détestait les Romantiques. Elle aussi.

Enfin avec des bémols.
D'ailleurs, à l'oral du bac de français de l'an dernier, elle voulait soit Arthur soit Verlaine.
Elle visait «le Bateau Ivre», elle était tombée sur « l'Art Poétique » tiré des « Poèmes Saturniens ».
Verlaine, le maître des Poètes Maudits. Il y avait matière à parler alors elle parla. Et récolta la note maximale.
Aurélie se serait bien vue, petite souris, écouter les joutes oratoires de ces grands aèdes, au café de la Coupole, au café François 1er.
La poésie Aurélie l'a dans le sang.
Faut juste peaufiner
Arthur, à 15 ans, a déjà écrit « Ophélie » et veut « devenir Parnassien ou rien ».
Aurélie, au même âge, balbutie sa première poésie :
« *Voyez j'écris ces vers de mirliton*
Mes doigts s'amusent, jouent du piano
Comptent les pieds. Écoutez plutôt :
Cette strophe commence ma chanson. »

Arthur a à peine 16 ans quand il compose « les cahiers de Douai ».
Aurélie n'est pas plus âgée, un peu moins douée.
Mais, avec raison, elle persévère dans ses vers :
« *Mon odelette à ce cookie*
Me fera patienter. Cher Godot
Arrivez vite, ou bientôt
La boîte entière, je la finis. »

Rimbaud, amoureux blessé, à 17 ans, termine « le Bateau Ivre ».
Aurélie au même âge fait ses gammes :
« *Ô, vers amis, donnez-moi la chance*

De vous faire découvrir par mes écrits.
Car j'ouvre mon âme dans ces récits
Qui prendront alors tout leur sens. »

Verlaine, amant autrefois aimé, adulé, glorifié, poète désormais maudit crie dans son recueil «Jadis et Naguère » tout son Art Poétique.
Aurélie le suit :
« *Ô Poésie, magnifie toute chose*
Et pour cela chante fort et clair
Que tu aimes tant et plus chaque ver
Que ma Muse m'impose. »

Aurélie persiste, Aurélie signe, elle sera poétesse.

Pour Robert

De la part de Jo

Avec les mots : père, route, pleurs, rires, vie

Ce matin mon amie de Québec est triste et malheureuse. Je pense très très fort à elle et à sa famille endeuillée. Alors je me suis permis de bousculer notre quotidien pour lui donner la priorité.

Dieu que la route paraît courte.
À peine né, on a vécu et puis on part.
La vie est passée en coup de vent.
Que laisse-t-on derrière soi ?
Les joies, les pleurs, les larmes, les cris.
Les petits plaisirs, les grands malheurs.
Un enfant naît, un frère meurt.
Robert, tu t'en es allé, dignement.
Le trou sera trop grand.
Il ne se refermera pas.
Au mieux, il s'estompera.
Mais ton sourire restera.
Et le bonheur d'avoir côtoyé tes pas.
Tu es parti, on reste là.
Mais jamais, jamais, on ne t'oubliera.

SKETCH

« Mon psy m'a dit* »

<u>   </u>Pour Gégé de la part de Bibi

Avec les mots : logorrhée, ataraxie, adamantin, thyrse, aréopage**

(* en hommage à Fernand Reynaud, humoriste, 1926-1973)
(** j'ai été gâtée hein!!! vive le Larousse illustré en 10 volumes!)

Allô, Chéri ? Tu m'entends ? Ah ces téléphones cellulaires, quelle plaie. Allô ? Ah ça y est, tu m'entends! Dis donc, je sors de chez mon psy.
Alors, mon psy m'a dit... Comment ça encore ? On est mercredi, Chéri. C'est le mercredi que je vais le voir tu le sais bien. Après le déjeuner chez ma sœur et avant le thé chez ta mère... Oui, on est mercredi.
Oui, je sais que je devais arrêter les séances... oui je sais ça fait longtemps... Non, en fait, pas tant que ça d'ailleurs. Quoi ? ...Tu dis ? ...7 ans ? Déjà? Comme le temps passe vite! Mais tu sais que ces séances me sont bénéfiques. Je ne peux pas songer à m'en passer. Allô, t'entends ? Pourquoi tu tousses ?

Alors pour résumer, voilà ce que mon psy m'a dit aujourd'hui, je crois que tu vas être content, je le

cite ... Alors, voyons, ah oui, voilà, je te passe les détails des cinq ou six premiers paragraphes et je vais tout droit à l'essentiel, donc mon psy m'a écrit :
« Il est bien évident qu'une dose d'ataraxie profonde et potentiellement puissante hante votre passif émotionnel créant un doute inconscient chez votre partenaire. » et il ajoute un peu plus loin : «Comprenant l'assise de votre « surmoi » à l'encontre de votre « moi » enfoui au plus profond de votre «ego», ainsi que l'envie de substitution de l'altruisme de votre « ça » vis à vis de votre couple, saisissez le thyrse de votre pouvoir de séduction et frappez symboliquement votre époux de ce sceptre de bois, métaphore de votre amour physique réciproque, afin de rebooster votre libido duelle .... ».
Voilà Chéri. Qu'en penses-tu ?...
Comment ça ce n'est qu'une logorrhée de mots trop scientifiques pour qu'on y comprenne quelque chose ? Chéri, enfin! C'est un psychiatre très connu et hautement reconnu! De renommée mondiale! Il soigne les plus grands! ... Pardon ? Comme qui ? Eh bien, euh, comme François Hollande quand il a appris qu'il avait moins de 10% dans les sondages. Oui, quand son parti lui a interdit de se représenter, il paraît qu'il s'est effondré, le pauvre.
Ou comme le présentateur vedette, là, celui que tu aimes bien mais qui est si nul... oui voilà! Lui aussi. Parfaitement. Que du beau monde. Allô t'entends ? Pourquoi tu tousses ?

Alors quels mots n'as-tu pas compris ?...
Ataraxie? Tu veux la définition façon stoïcien ou

épicurien? Hein ? Ah la définition façon médecin? Eh bien, nous dirons que c'est le calme de l'esprit, Chéri! C'est l'état d'indifférence émotionnelle d'un sujet qui n'éprouve aucune envie.
Là je pense qu'il parlait de toi vois-tu. Pardon ? Bien entendu, sur son divan, je parle de moi. De toi. De nous. C'est le but de cette thérapie, que je vide mon âme. Mais Chéri voyons, ne soyons pas vulgaire! Je ne vide pas mon sac! Juste ton compte en banque! Ah ah je ris! C'est de l'humour, Chéri! Allô t'entends ? Pourquoi tu tousses ?

Le thyrse ? Oui, il a effectivement dit, euh, quelque chose comme « Saisissez le thyrse (je crois que c'est une espèce de bout de bois antique supposé représenter euh, la puissance, ou dans le genre. Mais non, j'ai dit PUISSANCE, je n'ai pas dit IMPUISSANCE!) de votre pouvoir de séduction et frappez votre époux, car cet amour physique est trop boosté par le duel de euh, votre je-ne-sais plus-quoi-sans-aucun-intérêt »... Oui.... Non!
Je pense qu'il a voulu dire que je dois de nouveau remplir le devoir conjugal... Avec toi, oui.
Mais bon, on verra plus tard, chéri, tu as beaucoup trop de travail en ce moment pour la bagatelle... Mais non je ne me défausse pas. Du tout!... Mais non voyons!... Enfin, Chéri! ... Oh, petit coquin! Nous verrons cela! Ah les hommes! Le sevrage est parfois difficile... Allô t'entends ? Pourquoi tu tousses ?

Mon Adamantin, que se passe-t-il ? Cette toux

commence à m'inquiéter!... Comment cela tu ne veux plus que je t'appelle « mon Adamantin » ? Mais cela te va si bien au teint! Tu as l'éclat de ma rivière de diamants, Chéri! ...Oui, celle que tu m'as offerte pour mes 40 ans! Plaît-il?... Mais non, je n'ai pas eu 50 ans voyons!... Ah si ? Mon dieu le temps passe vraiment trop vite... Quoi ? Tu trouves cette babiole trop chère pour notre bourse ? Mais enfin Chéri, c'est toi même qui me l'as dit! Je te cite « Prends ma carte bancaire et achète-toi ce que tu veux. » Voilà, je n'ai fait que t'obéir, chéri... Et la ?... La quoi ?... On capte mal ici.?? La Jaguar?? Eh bien quoi la Jaguar ?... écoute, elle allait si bien avec ma rivière de diamants que je n'ai pas pu résister, voilà, voilà...

Mais non ne t'inquiète pas, je ne conduis pas, je te rappelle que j'ai raté mon permis 5 ou 6 fois. La Jaguar, je l'ai achetée avec chauffeur. Il conduit très bien d'ailleurs, ce dénommé Fred. Il est très stylé. Il a un sourire à faire se pâmer mes amies!

Et je te rappelle que c'est toi qui as insisté, lors de nos fiançailles, pour que j'arrête de travailler afin d'élever nos enfants... Quoi ?... Je le sais bien que nous n'avons pas eu d'enfant, Chéri, je suis bien placée pour le savoir! Est-ce de ma faute ? Certainement pas. Allô t'entends ? Pourquoi tu tousses ?

Il va falloir arrêter les cigares cubains mon ami!... Le psy ? Ah oui, il a dit aussi qu'il faut que je fasse mon "mea culpa" devant tout un aréopage de patients bien plus atteints que moi. Comme si j'étais à une réunion des alcooliques anonymes!... Mais non, je ne connais pas ces réunions, que vas-tu chercher là. C'est Marie-Chantal qui m'a raconté que son mari avait un cousin qui avait un ami qui buvait et qui devait aller à ces réunions. Mais si tu veux mon avis, mon psy est tombé sur la tête! Pas question que j'étale notre vie privée en public.... Que dis-tu ? Oui, en effet, je suis dans la rue. Pourquoi ? Je suis devant la si jolie vitrine de chez « Hermès ». Ils ont un de ces petits sacs en crocodile très beau qui irait bien avec mon tailleur « prune délavée » de chez Charnel. Il ferait ressortir les reflets auburn de ma chevelure et... Pardon ? ... que dis-tu ? Que je te rende ta carte bancaire ? Mais bien entendu Chéri, ce soir même. De toute façon je n'en ai plus besoin pour le moment puisque je l'ai aussi utilisée pour payer mon psy. On avait deux mois de retard! À 100€ la séance, fois 9 semaines, cela nous a fait 900€. Et tant que j'y étais, j'ai accepté.... Oui, j'ai accepté. ... Eh bien, d'avancer le prix des 6 prochains mois, Chéri. Voilà.

Allô, t'entends ? Pourquoi tu tousses plus?

CONTES POUR LES ENFANTS

Framboise et Citron

Framboise et citron

Pour Caroline

Avec les mots : joie, bonheur, enfants, famille, sourire

Bonjour Chloé, Margaux et Lou. Votre maman était plus jeune que Lou quand je l'ai eue comme élève à l'école. Sage comme une image, c'était un vrai bonheur de l'avoir en classe. Voici une petite histoire que j'ai eu du plaisir à écrire pour vous. Merci d'avoir participé à mon défi Caroline. Frédérique, merci pour la photo du petit lutin Caro... Cette photo m'a inspiré deux nouveaux personnages qui, je pense, reviendront hanter mes histoires. Je vous présente donc Framboise et Citron!

Framboise et Citron font des roulades dans le gazon.
Dès le matin ils rient avec entrain.
Framboise et Citron sont deux petits lutins.
Framboise s'appelle ainsi parce qu'elle a de très jolies petites joues rebondies et rouge vif, comme deux framboises. Elle pétille de joie de vivre.
Citron s'appelle ainsi parce qu'il a un caractère un peu ronchon. Et seule Framboise a le pouvoir de le faire sourire.
Comme tous les petits lutins, ils sont espiègles, font parfois des bêtises, comme tous les petits enfants et parfois aussi, ils désobéissent.

Et ce matin, justement, ils sont partis se promener dans la clairière des mille sapins sans demander la permission.
Au pied de l'arbre le plus haut, Framboise et Citron aperçoivent le plus beau de tous les champignons.
Il a un grand chapeau rouge à points blancs.
Framboise trouve que ça lui ferait un magnifique parasol, Citron trouve qu'il ferait très bien dans son assiette, il a faim. Après tout, c'est l'heure du goûter. Nos deux lutins s'approchent du champignon, prêts à le cueillir.
Une voix se fait entendre alors « Ne touchez pas à ce champignon, petits lutins. Pour vous c'est du poison! » et tout surpris, Framboise et Citron voient apparaître une toute petite limace au sommet du champignon. Elle a encore quelques miettes de chapeau rouge à points blancs autour de la bouche.
«Tu en manges bien, toi; laisse-moi y goûter aussi! » ronchonne Citron.
« Moi, je peux en manger parce que je peux le digérer. Seuls les gastéropodes ont ce pouvoir.»
« les gasté quoi? »
« Gastéropodes! C'est le nom de ma famille : limaces, escargots, loches. Mais toi, lutin, tu serais très très très malade. Vos parents ne vous ont donc pas appris tous les dangers de cette forêt ? »
« Si. Mais euh... »
« Mais vous n'obéissez pas, c'est ça ? Éloignez-vous de ce champignon. Pour vous il n'est pas bon. Par là, vous trouverez un parterre de délicieuses fraises sauvages si vous avez faim. »
Framboise prend alors la main de Citron,

remercie la limace, et s'éloigne en direction des délicieuses fraises sauvages.
A-t-elle compris que dame limace vient de leur sauver la vie ?
Petits et grands, sachez qu'il n'est pas bien de désobéir à vos parents. Si parfois ils vous disent « non», c'est toujours pour une bonne raison.

Le rangement de la chambre

Pour Sylvain*

Avec les mots : armoire, vêtements, jouets, malin, petit
(*et pour tous les petits lutins, scolaires ou non)

Framboise et Citron rangent leur chambre.
Enfin Framboise, en gentil lutin obéissant, fait ce que demande maman.
Citron lui, il ronchonne.
Parce que, quand il range ses vêtements, il faut bien les plier. Pas facile ensuite de les rentrer dans les tiroirs de la commode pas si commode. En boule, c'est bien plus simple.
Framboise passe sous leurs petits lits pour ramasser quelques jouets qui sont partis se cacher là! Les coquins.
Citron, lui, il ronchonne encore : parce que, quand il range ses jouets dans le coffre, ils prennent un malin plaisir à se cacher tout au fond de la grande malle. Après, il faut sortir tous ceux qu'on aime moins pour récupérer ceux avec lesquels on veut vraiment jouer.
Tiens, Maman vient de rentrer. Papa aussi.
Ils portent deux gros cartons.
« Chouette » se dit Citron : on va jouer dans des cartons!
« Chic » se dit Framboise : On a de nouveaux meubles!
Eh oui, en effet! Papa lutin ne prend que 5

minutes pour monter deux magnifiques armoires. Il précise que celle-ci sera pour ranger les vêtements bien pliés et que celle-là sera pour poser les jouets!
Les 4 étagères du haut pour Framboise, la plus grande, les quatre étagères du bas pour Citron, le plus petit.
Les petits lutins sont si heureux qu'ils commencent par danser une jolie ronde! Et ils invitent papa et maman lutin à danser avec eux.
Et voilà, maintenant, le rangement sera bien plus facile! Et la chambre sera bien plus jolie!
Merci Papa! Merci Maman!

Le goûter

Pour Cléa

Avec les mots : pâte, cuisine, recette, œufs, maison

Plusieurs parents et quelques assistantes maternelles m'ont demandé un peu plus de contes, ainsi que la permission de les lire aux enfants. Vous avez ma bénédiction! à vous ensuite d'en profiter pour une petite leçon de vocabulaire ou... de morale! J'entends déjà Janick rigoler et susurrer "on ne se refait pas!"! C'est exact! Tout comme toi: maîtresse un jour, maîtresse toujours

Framboise et Citron sont à la maison.
Maman prépare le goûter, ils sont là pour l'aider.
Pour fabriquer de bonnes crêpes, il faut suivre la recette.
Un peu de farine, un peu de lait, deux bons œufs et hop qui va mélanger ?
Ouille! Citron fais attention! Pas de patouille tu en mets partout!
Framboise tourne doucement, Citron trempe son doigt.
La pâte a très bon goût! Quel coquin ce petit lutin!
Une pincée de sel, une pincée de sucre, la pâte est presque prête.
Tout à l'heure les crêpes sauteront de la poêle dans les assiettes!
Miam quel bon goûter ce sera!

La cuisine est dans un drôle d'état!
Vite rangeons et nettoyons tout ça.

Jojo l'escargot

Bronzage intégral

Pour Michèle

Avec les mots : plaisir, plage, sable, maillot, nue

Tous les étés je déprime. Je vois des touristes arriver en masse, par vagues successives, s'échouer sur nos plages et prendre du plaisir à bronzer dans leurs maillots tout neufs du dernier cri.

Moi, j'habite juste en face de la mer, mais je n'ai jamais pu quitter mon jardin. Maman ne veut pas. Elle dit que la route qu'on doit traverser est trop dangereuse, que je suis trop petit pour y aller tout seul, que de toute façon, le sable, ce n'est pas bon pour moi.
Alors moins maman m'autorise et plus mon rêve d'aller me bronzer sur la plage grandit.

Mais mon rêve est devenu trop fort et je me suis décidé : ce matin, je vais m'évader du jardin et je vais filer, ventre à terre, de l'autre côté, au bord de la mer.

J'ai mis mon plan à exécution: les petits-fils de Mimie sont arrivés hier. Aujourd'hui, il fait beau, donc c'est certain ils vont aller à la plage! Alors moi, je me suis caché dans le seau bleu, sous la pelle à sable! Comme ça ni vu ni connu, je débarquerai sur une plage de Normandie!

Et là ça y est, on est en route pour la plage! Je le sais! Je le sens!!! Ça bouge là dedans! Eh Oh! Faut pas balancer le seau comme ça! Pitié! À l'aide! Mal au coeuuuur! Ah ça s'arrête!
On y est ? Vroum vroum pouet pouet! Ah non, si j'entends bien, on ne fait qu'attendre que le flot de voitures se calme un peu pour traverser.
Ohhh le balancement reprend. Tenir, je dois tenir coûte que coûte! Mon rêve va enfin se réaliser! Je l'entends! La mer! Je l'entends! Chic!

Mon plan a réussi! La passoire orange qui bouche le seau, avec ses deux trous pour les manches de la pelle et du râteau (celui qu'ils ont perdu l'an dernier), laisse passer les rayons du soleil. Je vais bronzer! Ce soir, qui va pouvoir narguer les frangins dans le jardin ?
Le seau ne bouge plus! Ils l'ont posé dans le sable! Ouiiii j'adore!
Bon, maintenant, essayer de ramper dehors. C'est sûr que ça m'aurait bien aidé si le seau était tombé. Mais bon, je suis entré, je peux sortir. Ah la la j'en bave! C'est le cas de le

dire! Vite, avant que le gamin ne file vers l'eau. Hop! Y a plus qu'à sauter!

Voilàààà! J'y suis! Je suis sur la plage! Ah qu'il est doux de ramper sur le sable chaud! Heureusement que j'ai repéré le bon parasol! Parce qu'il commence à cogner, le soleil!

Si j'osais, je retirerais ma coquille... Oh et puis zut! Personne ne me regarde! Allez hop! À poil! Ah que c'est agréable de sentir la chaleur sur ma peau nue! Irrésistible!

Et ce coin de serviette est d'un moelleux! Et bien positionnée eh eh! Et hop un coin au soleil, un coin à l'ombre, un coin au soleil...

Eh oh! C'est quoi ce truc au-dessus de moi et qui me fait de l'ombre ? Va-t-en l'oiseau! J'espère que ce n'est pas un merle! Et la grive est restée dans le jardin, je l'ai entendue chanter dans le pommier.

Flûte ma coquille est trop loin!

Ouf ce n'est qu'un goéland! Qu'est-ce que c'est beau! C'est gros, mais c'est beau! Bon, c'est un oiseau de mer. Donc je ne risque rien.

Ça ne mange pas les escargots, hein ?!

Le retour de l'enfant prodigue

Pour Michèle

Avec les mots : zut, mer, bol, vie, aime

Flûte, flûte, flûte et zut! Je suis puni. Consigné dans ma coquille. Avec pas le droit de sortir la moindre corne. Pfff. Papa, il rigole pas avec la désobéissance.

Depuis ma balade d'hier (voir texte précédent) je suis puni de sortie.. Pendant une semaine! Ouais, vous pouvez rigoler. N'empêche, à la vitesse d'un escargot, ça fait looonnnng! Pis je n'ai pas le droit de recevoir de visite. Je m'ennuie. Vous pouvez même pas imaginer à quel point!

Sans compter mon coup de soleil. Ça pique! Ça m'apprendra à avoir tenté le bronzage intégral.
Ah, vous voulez savoir comment je m'en suis tiré, de ma balade en bord de mer ? Oh bah y a pas grand chose à raconter : quand on s'est quitté, vous aviez peur pour moi car ni vous ni moi (ni Jo, mon écrivain perso) ne savions si les goélands aiment l'escargot juteux et cuit à point.

Ben en fait, je n'ai pas voulu tenter le diable : j'ai sauté dans ma coquille, et j'ai filé à la vitesse de l'éclair (Rigolez pas! Essayez donc de piquer un sprint avec votre pavillon de banlieue sur le dos, vous m'en direz des nouvelles. Et sans tricher hein, en rampant!), je me suis réfugié tout en haut du mât du parasol. Là je me suis accroché jusqu'à ce que Mimie plie bagage (et le parasol) pour rentrer faire goûter ses petits enfants. Coup de bol : Mimie range toujours ses affaires de plage dehors, sous sa cabane au fond du jardin.

À la nuit tombée, j'ai pu rentrer à la maison, derrière le pot de bégonias.
Je ne vous raconte pas l'accueil du héros revenant de son débarquement de sa plage de Normandie! Je me suis pris une de ces engueu..des! Et la grande scène de l'acte 3 : Maman en larmes, les frangins en larmes, papa en colère.

Depuis, je ronge mon frein (ben oui, j'en ai un. Faut faire doucement dans les descentes sinon on risque le tête à queue).
Privé de salade. Je n'ai droit qu'aux fanes de radis fanées.
Moi dans la vie, je raffole du potager de Papanou. Pas le droit d'y aller. Pourtant, il y met de la bière dans son potager! Si! Et c'est

bon, la bière!! Faut pas en abuser sinon crac! Comme tonton Lomig. Il en a trop bu, il riait comme un fou, il s'est endormi (en ronflant comme un sonneur) devant la coupelle vide. Le lendemain, plus de tonton Lomig. Restait plus que la coquille vide, comme la coupelle. Et la vilaine grive musicienne, elle chantait bizarrement et avait le hoquet...
Ah la la, je l'aime vraiment ce potager. J'ai faimmmmm! Les fanes fanées, ça ne nourrit pas son homme, moi je vous le dis.

Bon, je vais bouder en faisant un petit somme, comme ça la semaine passera plus vite. Allez hop, j'opercule et j'hiberne. Na.

Le retour du héros

Pour Michèle

Avec les mots : génial, Gwen, mère, fête, je...TM

« Qu'est-ce que c'est beau! » Jojo est heureux: c'est la fête dans son jardin!

Les grands-parents ont sorti la table de jardin, les sièges de jardin, le parasol de plage, des bancs et la table de service de jardin, celle à roulettes. Jojo aime bien se cacher dessous et se laisser balader dans toutes les allées. Pour un escargot, il a des goûts assez rigolos.

Pour l'instant, bien caché dans une fleur de pivoine, il inspecte les lieux : Grand-Père apporte les bouteilles pour l'apéritif. Un seau à champagne avec des glaçons dedans. Bon rien de très intéressant. Il revient avec les verres. Des verres à pied pour le champagne, des verres normaux... Jojo attend patiemment... Ah voilà Grand-mère... Voyons voyons ce qu'elle a préparé... des cacahuètes... bof. Du saucisson. Des petites saucisses, des petite boudins... flûte elle a

47

invité la ruche de guêpes d'à côté ou bien ? Si elle croit que son piège dans la bouteille va les attirer... pas folles les guêpes!
Ah voici un autre bol... Beurk des olives vertes. Et des cornichons... Ah et dans cette assiette ? Ouiiii! Du melon!!! Chic il y a du melon! Miam! Vive l'apéro végétarien!
Mamie apporte aussi des feuilles d'endives, des carottes coupées en bâtons, des concombres, du chou fleur en bouquets crus... Ah enfin! Jojo commençait à désespérer... Avec un peu de chance, il en restera!!!

Les invités arrivent. Bisou par ci bisou par là. « Bonne fête maman ». Ah oui c'est vrai! C'est aujourd'hui! Chouette! Jojo a trouvé son cadeau pour sa maman! Il a repéré le plus beau bâton de carotte!
Allez tout le monde a son verre et peut trinquer. Le plat d'olives et de charcuterie circule. Paaaarfait! Plus vous en mangerez moins vous goûterez aux légumes. Zut la voisine est invitée. La végétarienne qui ne boit que de l'eau minérale... à bulle pour l'occasion. NONNN elle attaque les choux fleurs. Bon si elle goûte à toutes les sauces, elle aura vite fini... Ah tiens la voilà qui attaque la carotte... noonn pas ce bâton! Y a des brocolis allez madame voisine, y a des brocolis!! Mais c'est pas vrai! Elle va finir les bâtons de carotte!!! Ah non, elle attaque

les endives. Ah elles sont fourrées à la crème. Ben Jojo les lui laisse volontiers. Les concombres ont l'air de la tenter. Mais c'est qu'elle va tout manger toute seule si ça continue! Ah! Quelle vorace! Jojo en croise ses antennes de désespoir...

Ouf ça y est, la maîtresse des lieux propose aux invités de rentrer déjeuner au frais dans la maison. Jojo attend encore un peu. OK ils ont tout laissé sur la table. Elle est facile à atteindre. Sauf qu'ils ont laissé la nappe... Ah! Ça va c'est une nappe en toile cirée. De la rigolade pour un escargot sportif et musclé. Mffff... Ah... C'est haut quand même! Ça y est Jojo est sur la table... premiers bols... non ils sont vides... premier plateau... quelques restes de charcuterie sans intérêt. Bol suivant. Ô Bol! Tu es là!!! Mon bâton de carotte, toi aussi tu es là!!! Alléluia!!! Bon. Tirer dessus, pousser dessus. Ah zut le bâton ne veut pas sortir... ramper dans le bol et passer sous le bâton... Ouiiiii! Ouf pas léger le truc! Mais ça y est il a basculé!! Il ne reste plus qu'à le pousser vers le bas. Hop et voilà.

Tiens c'est quoi ce liquide jaune sur la nappe? Mmm c'est bon! C'est comme de l'eau à bulles, sans bulles. Et jaune. Encore une lampette. Vrai c'est meilleur que la bière de tonton Lomic! ... Hips ... C'est bon ce truc-là...

MMMM encore... hips... un peu... Allez l'est temps de rentrer. Euh c'est par où ? Ah mince je me suis trompé ... Hips ...V'là que j'ai escaladé une bouteille renversée... Whi... whis... ky... Whisky! Mince c'est drôlement bon! Ça brûle un peu au premier abord... mais au second, on s'y fait ah ah hips ah! Oh mon bâton, où est mon bâton ? Ah voui il est en bas tiens y en deux ?... Hips...

Ouh c'est froid, je rampe sur quoi là ? Hi hi hi c'est marrant ce truc qui vibre! Ah ça s'allume aussi! Ah mais c'est la photo de Gwen! Je le reconnais! Ah c'est ça un texto! C'est rigolo, et ça chatouille! Qu'est-ce qu'il a écrit ? « Je.. TM ? » qu'est-ce que ça veut dire ce truc ? Ah j'y suis! Il souhaite une bonne fête à sa mère! Génial! Si seulement je pouvais apporter ce téléphone à ma maman! Non, trop lourd. Bon ben elle se contentera de la carotte. Ils sont où mes bâtons ? Ouh ouh bâtons? Chouette y en quatre maintenant! Hips! Faut que je redescende...

Bon c'est pas tout ça. Je souhaite sa fête à maman, je lui offre ses carottes, pis ensuite une petite sieste et hop au lit.

Parce que l'air iodé breton, c'est fou ce que ça fatigue. Hips!

Janick

Le conte de la gentille sorcière Mamick

Pour Janick

Avec les mots : Hermione, Noémie, cheval, sorcière, loup

Hermione et Noémie sont amies. De vraies amies, des complices. Oh non ce n'est pas parce qu'elles sont cousines. Pas uniquement. Ce n'est pas non plus parce que c'est Mamick qui les garde. Pas seulement. Et ce n'est pas uniquement parce que Mamick veut bien leur raconter des histoires. Des histoires de licornes. Non, pas que.
C'est aussi parce qu'elles font souvent le même rêve. Un rêve peuplé de sorcières. Des sorcières gentilles, comme leur maman. Des sorcières méchantes comme la voisine du fond de la baie. Des sorcières géantes comme leur tonton Job. Des sorcières toutes petites, comme leur petite cousine qui vient de naître. Mais celle qu'elles aiment le plus, c'est la sorcière aux cheveux courts, la sorcière aux lunettes d'écaille (enfin elle ne les met que pour lire des histoires, regarder la télé ou répondre à son courrier. Pour conduire aussi. Sinon, cette sorcière-là n'a

pas besoin de lunettes. Elle y voit très bien), la sorcière qui les promène le long des plages, cheveux aux vents, qu'il pleuve ou qu'il vente qu'il fasse crachin ou grand soleil. Parce que cette sorcière - là, après la promenade, elle leur fait un énorme goûter avec des bonnes tartines beurrées, un bon chocolat chaud et.... elle leur invente des histoires avant d'aller faire la sieste! Elle est géniale sorcière Mamick. Et aujourd'hui, Hermione et Noémie sont fatiguées. Elles ont bien marché, elles ont bien couru. Elles ont bien goûté et maintenant elles sont allongées sagement.... Mamick arrive! Elle leur a promis une nouvelle histoire (pas besoin de lunettes: cette histoire là elle va l'inventer). Les fillettes sont toutes sages... l'histoire va commencer...

" Il était une fois deux gentilles princesses qui aimaient bien se déguiser en licorne. Mais ce jour-là, catastrophe! Personne ne trouva les bons déguisements. En cherchant bien dans la malle en osier, tout là haut dans le grenier du château, elles trouvèrent un masque de loup.

- Non ça ne va pas dit la plus jeune. Je n'aime pas les loups. Ils sont méchants, ils dévorent les enfants.

Et elles se remirent à fouiller. Elles trouvèrent un habit de prince charmant.

- Non ça ne va pas non plus! Dit la plus grande. Avec mes cheveux longs et bouclés on voit bien que je ne suis pas un garçon.

En replongeant dans la malle, les deux petites princesses trouvèrent une baguette de fée toute cassée.

- Oh ben zut de zut de flûte dit la plus grande
- Ohhhh c'est pas beau de dire des gros mots! Répliqua la plus jeune en attrapant la baguette de fée toute cassée. Viens, allons la réparer! On fera un vœu ensuite pour voir si elle fonctionne bien!

Elles coururent apporter la baguette magique toute cassée dans le bureau du roi, leur père. Il n'était pas là. Tant mieux! Elles se débrouilleraient toute seules! Hop un peu de ruban collant par ci, plaf un peu de colle forte par là, et plop un bout de fil de fer pour entourer le manche.

- Regarde Petite sœur, on dirait une baguette presque toute neuve!
- Bravo Grande sœur. On l'essaie?
- D'accord! Vite à la salle de jeu!

Arrivées dans l'immense pièce remplie de jouets de toutes sortes, les fillettes s'arrêtèrent net.

- Dis Grande sœur, on fait quoi maintenant?
- On essaie la baguette! Regarde, là- bas, le cheval à bascule! On va le transformer en licorne!
- Eh mais si ça marche, la licorne sera triste d'être enfermée ici!
- Tu as raison, aide-moi, on va pousser le cheval à bascule dans le jardin!

Aussitôt dit, aussitôt fait, les deux fillettes, tantôt tirant tantôt poussant, finirent par sortir le cheval à bascule.

La grande sœur, sans plus attendre, leva la baguette magique toute cassée mais presque toute neuve, ferma les yeux pour mieux se concentrer et dit tout haut et bien fort une formule magique qui lu parût bien appropriée : " abracadabra, cheval de bois en magnifique licorne transforme toi!" Et elle tapa sur la tête du cheval à bascule. Qui ne bougea pas.

La fillette ouvrit les yeux, parut déçue. Mais pas autant que sa sœur.

- Petite sœur, c'est de ta faute! Fais comme moi, ferme bien les yeux. Et surtout ne triche pas!

Elle recommença: elle ferma les yeux, redit bien fort sa formule magique. Mais pendant ce temps le roi, leur père, était rentré de sa promenade à cheval. Il avait tout vu et tout compris. Doucement, sans se faire entendre, il était descendu de cheval et s'était approché. Dès que les deux fillettes eurent fermé les yeux, le roi, leur père, fit avancer son cheval dont les sabots, dans l'herbe bien fraîche ne faisaient pas de bruit. Puis il se cacha derrière les deux fillettes. Quelle surprise quand elles ouvrirent les yeux! Un cheval, un vrai cheval, tout sellé, immense, magnifique, se tenait devant elles. Bouche bée elles le regardaient sans trop y croire.

- Bon d'accord, pour un beau cheval, c'est un beau cheval. Mais c'est pas une licorne. Prononça tristement la grande sœur.
- C'est peut-être que la baguette a perdu juste un peu de son pouvoir répondit petite sœur pleine d'espoir.
- Et moi je crois que cette baguette ne fonctionnera pas! Dit une voix joyeuse derrières elles.
- Père! Que vous êtes drôle! C'est votre cheval! Nous avons cru que la baguette magique était vraiment réparée! Quel dommage!
Mais le roi leur répondit que seulement au royaume des fées les baguettes magiques pouvaient fonctionner. Et, par une fée, actionnée!"

Et une fois son histoire terminée, la gentille sorcière Mamick fait toujours un gros bisou à chacune de ses amours de petites filles puis elle laisse Hermione et Noémie s'endormir en rêvant de sorcières, de loup, de cheval, de fées ... et de licorne.

Une disparition inquiétante

De la part de Jannick

Aujourd'hui, ce n'est pas moi qui écris. Je ne fais que retranscrire une des mille histoires que raconte Janick à ses petites filles. Moi, j'ai eu la chance d'entendre cette histoire. Parce que, non seulement Janick est une créatrice géniale, mais en plus, elle est une merveilleuse conteuse. Venez, entrons dans le monde de Mamick...

Noémie aimait beaucoup aller en vacances chez sa Mamick avec sa cousine Hermione. Mamick avait une grande maison à côté d'un bois, avec un grand jardin. Dans le grand jardin, il y avait tout ce qu'il fallait pour que les petites filles s'amusent. "Ce matin, les enfants, on va faire des crêpes. On va commencer par faire la pâte. On prend de la farine, du sucre." Tout le monde a mis la main à la pâte. Chacune des petites filles casse l'œuf l'une après l'autre. Elles mélangent, ça sent bon. Un petit doigt par ci un petit doigt par là, qu'est-ce que c'est bon! Mamick dit " On va mettre un torchon dessus et on va attendre ce soir. Il faut que la pâte repose. Pendant ce temps-là, les filles, vous allez jouer dans le jardin."
 Les petites filles sortent et vont jouer dans le jardin. Au bout de quelques temps Noémie

soupire :
Oh la la! Qu'est-ce qu'on s'ennuie ici! Si on allait faire un tour dans le bois ?
Oui, répond Hermione, ce serait sympa.

Tout à coup elles entendent un grand cri... " Au secours! Au secours! "
Elles se précipitent dans la maison. Et elles voient Mamick rouge de colère qui cherche partout!
Mais qu'est-ce qui t'arrive Mamick! Dit Noémie.
La pâte à crêpes a disparu! La pâte à crêpes a disparu!
La pâte à crêpes ? répète Noémie, mais tu l'avais laissée là avec un torchon dessus!
Eh bien regardez, les petites, le torchon, il est par terre, et la pâte à crêpes a disparu!
Qui est-ce qui a pu voler de la pâte à crêpes ?! Mais c'est impensable! s'écrie Noémie. En tous cas c'est pas nous! Parce que nous, on jouait tranquillement dans le jardin!
Ah ben oui! répond Hermione, c'est pas nous! Et puis de toute façon je suis trop petite.

Alors Noémie réfléchit... Qui peut bien avoir volé la pâte à crêpes ???... Peut-être que c'est Mamick qui l'a mise autre part ? Alors elles cherchent partout. Elles ouvrent le réfrigérateur. Elles ouvrent le placard. Rien de rien! Et pourtant le plat est assez grand!

Ça c'est bizarre... Pourtant elles n'ont vu personne entrer, ni personne sortir.
Ohhh c'est peut-être le fantôme du grenier qui aurait eu une petite faim ?
Le fantôme du grenier! Dit Mamick. Tu racontes n'importe quoi! Il n'y a pas de fantôme dans mon grenier!
Mamick, parfois quand je dors ici la nuit, j'entends des drôles de bruits...
Tssstsss! Allez Noémie, arrête de dire n'importe quoi! Il faut chercher la pâte à crêpes. Ah la la la lala la... Qu'est-ce qu'elle a bien pu devenir cette f..tue pâte à crêpes ???
Et si... dit Hermione, et si c'était les petits lutins ? Les petits lutins du jardin qui sont rentrés dans ta maison et qui ont volé ta pâte à crêpes!
Quels lutins ? Mais ça n'existe pas les lutins! Laissez-moi réfléchir. Je vais m'asseoir dans le canapé et je vous laisse chercher.

Noémie et Hermione se disent:
Mais qui a bien pu voler la pâte à crêpes de Mamick ? C'est vraiment bizarre...?
Et tout à coup Noémie croit sentir quelque chose. Elle se met à renifler... Sniff sniff...
Tu ne sens pas quelque chose Hermione ? Snifff snifff... Ca sentait bon... la crêpe qui cuit dans le bon beurre breton! -
Mais... On dirait que quelqu'un fait des crêpes!!!

Alors elles sentent... Elles montent... sniff sniff. Non, ça ne vient pas du grenier! Sniff sniff... elles descendent... ça ne vient pas de la salle à manger... ça ne vient pas de la cuisine... pfff mais d'où cela peut-il bien venir ? Ca vient de la cave!!!
Ah nononon, moi je ne vais pas dans la cave de Mamick! Parce que moi j'ai peur de la cave dit Hermione.
On va prendre des lampes torches et comme ça on pourra y descendre, répond Noémie qui a toujours réponse à tout.

Mais la lumière n'est pas assez forte. Elles changent les piles et descendent à la cave. Et là patatra! Noémie descend, descend, et boum tombe par terre, suivie d'Hermione! Les deux torches se sont éteintes! Il fait noir...tout noir! Mais la bonne odeur de crêpes se répand encore et encore, de plus en plus fort. Elles entendent un drôle de bruit...Comme un rire de sorcière :
Ah ah ah ah ah...Qu'est-ce que j'ai entendu là? Aaaahhh on dirait les petites filles d'en haut qui sont descendues me voir...ahahah.Je suis la sorcière de la cave... Je vous attendais mes mignonnes... Je vous attendais! Vous cherchez votre pâte à crêpes... Ah ah ah je l'ai un petit peu transformée... J'ai rajouté quelques ingrédients à ma façon... ahahahahah, approchez, approchez...

Hermione et Noémie tremblent elles n'osent plus bouger... elles ont un peu mal partout... Elles sont pleines de crampes. Ce n'était pas si profond, la cave de Mamick d'habitude! Elles aperçoivent au loin une lumière rouge très très rouge... et deux yeux jaunes... très jaunes, qui brillent tout au fond.
Noémie! Dit Hermione, j'ai peur!
Ahahah vous ne pourrez plus remonter maintenant... Mes deux mignones, approchez, approchez... venez goûter mes bonnes crêpes...

Les deux petites filles tremblent, elles n'osent pas s'approcher. Hermione prend la main de Noémie « allez on y va!"
Et bravement les deux petites filles s'approchent de la lumière rouge, avec les deux yeux jaunes qui les regardent... elles approchent, elles approchent... et elles voient, dans un grand chaudron qui ne bout pas, la pâte à crêpes de Mamick devenue verte! Beuuuurk! Devenue verte!!! Et la sorcière qui, tant bien que mal, avec la louche, essaie d'étaler ses crêpes sur sa poêle toute cabossée. Et elle jure :
Pouah je n'arriverai jamais à faire ces maudites crêpes! Ça accroche! Ça veut pas s'étaler! Et elle se met en colère! En colère!
Mais ne vous mettez pas en colère, la sorcière! Dit Noémie, c'est facile à faire des

crêpes! Mamick, elle m'a montré!
Ah bon ? répond la sorcière.
Oui, laissez-moi faire!
Noémie s'empare de la louche et ... au lieu d'étaler la pâte, donne un grand coup de louche à la sorcière! Et elle lui jette toute la pâte à la figure!
Rahhhh dit la sorcière, je ne vois plus rien! Je suis éblouie! Au secours au secours!
Vite! crie Noémie à Hermione, on s'en va!

Elle prend la main de sa petite cousine et les voilà qui remontent, qui remontent. Elles cherchent partout leurs torches et les retrouvent, elles retrouvent les escaliers, elles remontent, elles remontent. Elles sortent des escaliers, elles hurlent:
Mamick, Mamick!
Mais qu'est-ce qu'il y a les filles ? réplique Mamick qui se réveille en sursaut!
On a trouvé ta pâte à crêpes!
Ma pâte à crêpes ? Mais, elle n'a jamais été perdue ma pâte à crêpes!
Mais si Mamick! C'est la sorcière qui l'avait prise!
Mais non, répète Mamick, ma pâte à crêpes, elle est toujours dans la cuisine, avec le torchon dessus!
Ah bon ?! dit Noémie tout étonnée.
Ben oui, venez voir.
 Elles rentrent dans la cuisine, et elles voient la pâte à crêpes, avec le torchon dessus.

Ah eh bien ça alors! Nous, on a été dans la cave et puis on a vu!

Vous avez été dans la cave ?! Mais vous ne pouvez pas descendre dans la cave, les filles, la porte est fermée à clé!

Ah bon ? Dit Noémie. Pourtant on a vu toutes les deux la sorcière qui avait volé ta pâte à crêpes! Ou alors... peut-être qu'on s'est endormies dans le jardin! Et peut-être qu'on a fait la sieste!

Peut-être, dit Mamick. Je crois! Eh les filles, je vais vous faire quelques crêpes pour le goûter.

Mais Noémie est sceptique : jamais elle ne s'endort pendant la sieste... jamais. Elle est sûre qu'elle est descendue, elle est sûre de ce qu'elle a vu... Alors, tout doucement, elle va chercher la clé de la cave, accrochée au clou, elle glisse la clé dans le trou de la serrure, tourne la clé, ouvre la porte, regarde... elle ne voit rien. Écoute, elle n'entend rien... et puis tout à coup elle entend:

Ahahahahah je vous ai bien eues les petites filles vous croyez m'avoir trompée... mais c'est moi la plus forte! Je reviendrai... et je la mangerai entièrement la pâte à crêpes... ahahah!

Noémie sursaute, elle referme la porte à clé, remet vite la clé au clou et dit discrètement à Hermione :

Non, on n'a pas rêvé Hermione! Mais jamais

Mamick ne voudra nous croire!
Alors vite, retournons manger les crêpes!
Tout à coup Mamick dit:
Tiens c'est bizarre, cette fois-ci, ma pâte à crêpes, elle n'a pas la même couleur que d'habitude... On dirait qu'on a mis du vert dedans!
Ah pense Noémie! C'est la sorcière! Mais elle dit à Mamick : C'est peut-être parce que tes œufs n'avaient pas la même couleur que d'habitude...
Ah oui, tu crois? répond Mamick, qui, rassurée, se met à faire ses crêpes en chantant. Noémie se dit « ohlalala est-ce qu'on peut manger ces crêpes-là ? »

Ouf, les crêpes sont bonnes. Elle se régale. Mais Noémie s'interroge: La sorcière, va-t-elle revenir la prochaine fois que Mamick refera une bonne pâte à crêpes ? Là est la question...

Le recette de la pâte à crêpes

De la part de Janick (suite)

Voici la seconde histoire inventée par Janick pour Noémie. Car quand une histoire se termine, elle en redemande une autre, la petite coquine! Nous voici donc de retour dans le petit monde de Mamick...

Noémie et Hermione sont contentes : après le déjeuner de midi, elles vont faire la pâte à crêpes avec Mamick.
Ce soir, quand la pâte à crêpes sera bien reposée, je vous ferai des bonnes crêpes. Vous en aurez peut-être une ou deux pour le goûter.

Pour attendre le repas de ce soir, dit Mamick en sortant les ingrédients du placard. Et les voilà qui prennent de la farine, du sucre, des œufs. Hermione casse un œuf, Noémie casse un œuf, et maintenant on mélange, on mélange, on mélange; un petit peu de gros sel, de l'eau, et Mamick dit :
On met le torchon, on laisse reposer. Pendant ce temps-là vous allez jouer.
Oui, oui Mamick! Les deux petites filles sortent et vont jouer à la balançoire, mais Noémie a une idée :
On n'a pas bien goûté la pâte à crêpes hein!

Moi j'aimerais bien y mettre un petit peu le doigt.
Oh mais y a pas le droit! dit Hermione. Mamick ne veut pas! Elle dit qu'on va mettre des bactéries dedans!
Juste un petit peu le doigt, pour voir si on n'a rien oublié...

Alors les deux petites filles se glissent dans la cuisine, Mamick est en train de faire les lits là-haut tout en chantant. Noémie monte sur le tabouret, et met un doigt dans la pâte. Elle goûte. Qu'est-ce que c'est bon! On n'a rien oublié! Elle met un deuxième doigt. Puis un troisième... Hermione, s'écrie alors
Moi aussi je veux goûter! Moi je ne suis pas trop petite pour goûter la pâte à crêpes!
Elle monte elle aussi à côté de Noémie, sur le tabouret, elle met son doigt dans la pâte à crêpes et tout d'un coup, patara! Les voilà qui tombent toutes les deux par terre! Avec la pâte à crêpes sur la tête! Elles sont recouvertes de pâte de la tête aux pieds! Et plus de pâte à crêpes dans le récipient renversé!
On va se faire gronder! Elles entendent Mamick qui dit:
Qu'est-ce que c'est que ce bruit ? Qu'est-ce que j'ai entendu ? Qu'est-ce qui vous arrive?
Rien rien, Mamick! Crie Noémie
Rien rien Mamick! Crie Hermione.

Vite, vite, elles ramassent le récipient, vite, vite, elles le remettent à sa place, avec le torchon dessus. Elles courent dehors et se précipitent vers le robinet et elles se lavent bien de la tête aux pieds. Hermione est catastrophée:

Comment on va faire ? Mamick va nous gronder! On a fait tomber la pâte à crêpes! On n'aura pas de crêpes, ni pour le goûter, ni pour ce soir!

On va en refaire une autre, toutes les deux, pendant que Mamick sera à la sieste! répond Noémie.

Oui mais on n'a pas la recette.

La recette? On va la trouver dans un livre. Je sais lire maintenant, réplique Noémie fièrement.

Mais on est trop petites on saura pas tout faire!

Et si on demandait à la sorcière du grenier ?

Oui la sorcière du grenier, tu sais bien, celle qui nous fait peur quand on monte. Elle a plein de recettes... Elle a peut-être celle de la recette des crêpes de Mamick ?

Mais tu crois qu'elle est prête à nous aider ?

Oui, si on lui promet de lui donner plein de crêpes après.

Et en échange de plein de bonbons parce qu'elle adore les bonbons!

Bonne idée! Allons-y! Mamick a dû s'endormir sur le canapé du salon. Chut pas de bruit il ne faut pas la réveiller!

Noémie va prendre deux ou trois bonbons dans le tiroir, elle les met dans sa poche, Puis les petites filles montent dans le grenier. Elles s'installent près d'un gros livre. Elles ouvrent le gros livre tout noir et tout plein de poussière. Elles regardent la photo de la sorcière et elles lui chuchotent :
Sorcière du grenier, veux-tu bien nous aider à refaire la pâte à crêpes ? Rien ne bouge.
Alors elles retapent sur la photo de la sorcière:
Sorcière du grenier, veux-tu bien nous aider à refaire la pâte à crêpes ? et elles rajoutent le petit mot magique « s'il te plaît! »
Et là elles voient la sorcière s'étirer et bailler:
Qui m'appelle ? Je dormais profondément!
Qui m'appelle ? Ah! C'est vous les petites filles! Ça fait longtemps que vous ne m'avez pas rendu visite!
Oui, c'est vrai! Regarde sorcière, on t'a apporté des bonbons!
Ahahahahah!!! La sorcière s'empare des bonbons, elle les avale d'un coup! Qu'est-ce que vous voulez ?
Alors les petites filles lui racontent leur mésaventure.
Vous voulez la recette des crêpes de votre grand-mère ?
Heinheinhein... Il va falloir que je cherche avec ma baguette magique.

Oui mais il faut faire vite parce que Mamick est partie faire la sieste. Elle n'a pas vu qu'on a tout renversé. Alors si elle se rend compte, elle va être en colère!
Ah La voilà! La sorcière prend sa baguette magique et elle sort du livre. Elle s'étire. Les petites filles la regardent : elle est bien plus grande que sur la photo!
Maintenant descendons, petites filles. Mais... je mets une condition...Si je vous aide à refaire la pâte à crêpes, promettez-moi de m'apporter tous les soirs un paquet de bonbons.
Tous les soirs, un paquet de bonbons ? répète Noémie inquiète.
Oh oui, d'accord sorcière! Ne t'inquiète pas, on en apportera! dit Hermione, rassurée.
Mais pas tous les soirs! Dit Noémie. On n'en a pas des paquets de bonbons! Pas tous les soirs! Mais on te promet sorcière, à chaque fois que notre maman ou notre grand-mère nous donnera un bonbon, on le mettra de côté pour toi! Promis, craché, juré!

Alors elles descendent sans faire de bruit, sur la pointe des pieds. Elles arrivent dans la cuisine, la sorcière sort sa baguette magique...
Abracadabra cadabra, recette à crêpes de Mamick, sors du livre! Et là, rien! Pas de livre, pas de recette!
Catastrophe dit Noémie, la recette est dans

la tête de Mamick! Et Mamick dort sur le canapé! Sans faire de bruit, elles s'approchent du canapé. La sorcière met la baguette tout près de la tête de Mamick et dit :
Abracadabra cadabra, recette à crêpes, sors de la tête de Mamick!

Et là, on voit sortir de la tête de Mamick un œuf, 100 grammes de farine, 50 grammes de sucre, de l'eau, du gros sel... Alors la sorcière fait " Wouaffffffffffffffffff" avec sa baguette et sa baguette fait un tourbillon! La sorcière tourne tourne tourne tourne, puis elle projette le tourbillon dans le bol, remet le torchon dessus et dit: - Hop! Et voilà! Vite retournons dans le grenier! Il est temps, parce que Mamick commence à bailler; elle s'étire :
Ah! J'ai bien dormi! Noémie! Hermione! Vous pouvez descendre, la sieste est terminée!

Vite vite vite, elles remontent dans le grenier, elles donnent encore deux ou trois bonbons à la sorcière, qui rentre dans son livre. Elles referment le livre et redescendent. Font comme si elles sortaient de la chambre où elles étaient sensées s'être reposées.
Tu as fait une bonne sieste, Mamick ?
Ah oui, j'ai bien dormi, mais j'ai fait un drôle

de rêve. Bon, maintenant je vais vous faire quelques crêpes.

Elle se dirige vers la cuisine, enlève le torchon, et là elle trouve sa belle pâte à crêpes! Elle rajoute du lait, tourne, mélange, et voilà, les crêpes du goûter sont bientôt prêtes. Soulagées, Hermione et Noémie s'échangent un regard en goûtant leur première crêpe magique.

CONTES POUR LES ADULTES

La nuit du dragon

Pour Lise du Québec

Avec les mots : jardin, dragon, boulangerie, château, feu d'artifice

Cet hiver a été froid et rude. Comme la plupart des hivers au Québec, me direz-vous. Mais quand même. Si ça continue, dans le jardin, il va falloir attendre fin avril pour essayer de bêcher le potager. Heureusement que par chez nos cousins du village de Saint Édouard, comté de Lotbinière, dès que les semis et les graines sont en terre pouf, ça pousse! En moins de trois mois c'est terminé! De la levée à la cueillette. C'est du rapide!

Mais pour l'instant, bien à l'abri derrière la fenêtre, Lise est inquiète. La famille se réunit ce soir pour l'anniversaire du fiston. 10 ans déjà! Lui aussi, il pousse vite, son "petit bonhomme de savon". Il va falloir sortir, essayer d'aller jusqu'à la boulangerie chercher le gâteau d'anniversaire. Et pas n'importe quel gâteau. Un gâteau en forme de château médiéval! Avec ses tours, son donjon. Il y aura même un beau dragon tout rouge, cracheur de feu, fait en pâte d'amande! C'est que le fiston ne rêve que de princes, de tournois, de duels à l'épée. Et de dragons.

Il est encore à l'école. Il faut vite aller finir les courses avant qu'il ne rentre et tout préparer pour la fête de ce soir. Même son père a promis de rentrer tôt.

Bon la tempête semble calmée. Il va falloir y aller. A pied dans la neige. Elle n'est pas si loin la boulangerie, les souffleuses ont déjà dû dégager les chemins deux fois depuis ce matin. Oh et puis finalement, ce sera plus simple de couper par le cimetière.

Bien emmitouflée depuis ses bottes jusqu'à son bonnet, Lise finit par y aller. Dehors, Tout est blanc, magnifique. Au cimetière, les tombes ont disparu sous la neige. Quelques petits monticules par ci par là rappellent où on est. C'est tout. la boulangerie n'est plus très loin. Ouf. Prendre la commande, bien caler le gâteau dans le panier en osier, payer, placoter avec la mère Beaupré, incontournable le placotage, et demi-tour, il faut rentrer.

Catastrophe! Entre temps la neige s'est remise à tomber. Dire qu'il faisait si beau tout à l'heure. Maintenant on n'y voit plus rien. Heureusement que Lise connaît le chemin par cœur. Se perdre dans Saint

Édouard, c'est comme se perdre dans Locquirec. Impossible!

Heureusement que le vent ne s'est pas levé. Il fait froid. Ce serait le bouquet. Mais que cette neige tombe dru. On n'y voit pas à 2 mètres. Ah, le cimetière. Sauvée, il ne reste plus que quelques mètres à parcourir.

Aïe! Lise n'a pas vu la branche du vieux chêne couverte de neige. A moitié assommée elle tombe assise par terre dans un énorme tas de poudreuse, le panier en osier sur les genoux dans une posture qui serait risible si le moment n'avait pas été si dramatique. Un feu d'artifice éclate dans son crâne douloureux. Elle ferme les yeux, juste un instant. Des étoiles dansent derrière ses paupières.

Elle a dû perdre connaissance car quand elle veut bouger, elle étouffe à moitié. Impossible de se relever. Elle est comme prise par une couverture de glace qui la drape, l'enveloppe, la paralyse. Elle se retrouve piégée comme dans un igloo de neige qui durcit au fur et à mesure qu'elle s'accumule au-dessus de sa tête prête à éclater. Le froid s'insinue dans ses vêtements. Elle commence à trembler. Surtout ne pas paniquer. Réfléchir. Malheur, elle n'a pas pris son téléphone cellulaire! Crier? Qui pourrait bien l'entendre ? À cette époque de l'année personne ne vient fleurir de tombe.

Un petit bruit de frottement lui fait rouvrir les yeux. Non elle n'a pas rêvé.... le panier en osier, prisonnier avec elle, vient de bouger. Non, c'est l'étourdissement qui lui joue des tours. D'ailleurs sa tête est de plus en plus lourde. Au lieu de se laisser aller à l'engourdissement, Lise essaie de gratter les parois de son abri de fortune. Au moins la température ne baisse plus. Mais la neige ne cède pas.
Le petit bruit de frottement recommence. Le panier a encore bougé! Intriguée, Lise soulève le linge qui protège la boîte à gâteaux. Qui se remet à bouger.... Lise décide d'ouvrir la boîte, tout doucement. Elle jette un œil. Rien. Bien entendu! À quoi s'attendait-elle???

Elle lâche le couvercle et aussitôt le panier recommence à trembler. Ah! Cette fois-ci Lise ouvre entièrement le couvercle. Une petite lueur jaune apparaît :
- Ben dis donc, on se gèle ici, remarque une petite voix qui semble sortir du château en nougatine.
- Effectivement, répond machinalement Lise.
- Que comptes-tu faire alors? Reprend la petite voix
- Euh... répond Lise.

- C'est pas une réponse ça. Qui es-tu d'abord?
- Moi, c'est Lise.
- Ben moi je suis le petit dragon que tu as commandé pour la fête de ton fiston. Je suis beau, hein! dit le petit dragon en sortant de la boîte. Tends-moi ta main, que je grimpe dessus comme ça je te distinguerai un peu mieux; on y voit rien ici.

Sans réfléchir, Lise tend la main et se retrouve à discuter avec le petit dragon en pâte d'amande rouge, bien campé sur ses pattes arrières, les pattes avants reposant sur ses hanches rebondies, la queue pendouillant dans le vide. Ses beaux yeux jaunes scrutent le visage de notre amie.

- Dis donc tu es drôlement jolie pour une humaine; j'aime bien les blondes! Moi je m'appelle Sam. Que vas-tu faire pour nous sortir de ce piège. J'ai froid moi!
- Euhh....
- Ben dis voir, tu en as du vocabulaire!
- C'est que.....
- C'est que quoi?
- C'est que je n'ai jamais rencontré de dragon encore moins un dragon qui parle et qui bouge et puis je ne sais pas comment on est arrivé là ni où on est ni comment rentrer chez moi. Voilà.
- Ouh quelle phrase! Bon, si j'ai bien tout suivi, je vais pouvoir t'expliquer une partie de notre aventure: tout d'abord, je suis un dragon magique donc je peux parler et

bouger quand je le veux, si je le veux. Là, on est dans une situation quasi extrême, alors j'ai décidé que c'était le bon moment. On est arrivé là parce que, bêtement, tu n'as pas vu la branche basse qui t'a assommée et qui nous a fait tomber. Heureusement que je suis rembourré et que ce magnifique gâteau est moelleux à souhait. On est dans le cimetière. Ça t'apprendra à prendre des chemins détournés. Par la route, on serait déjà chez toi!
- Mais comment tu sais ça toi?
- Je suis un dragon magique je te rappelle. Et cesse de m'interrompre sans cesse sinon on ne va jamais en sortir de cette histoire! Où en étais-je?
- Au cimetière.
- Ah oui, au cimetière, et par ta faute je te le rappelle aussi. Et tu veux qu'on rentre chez toi bien entendu. Remarque, moi aussi. Parce que je n'ai pas chaud. Et je suis un peu le roi de la fête de ce soir n'est-ce pas. Bon alors, aide-moi.
- Pardon?
- Dis donc, tu es forte en onomatopées! Mais ça ne va pas nous faire sortir de cet igloo de neige! Oui je suis un petit dragon magique et plein d'humour. Aide-moi en levant ta main vers la coupole de cet igloo.
- Ah bon! Comme ça? Et pourquoi?
- Mince, tu es si gravement atteinte? Tu te souviens que je suis un dragon, non? Et que

font les dragons généralement?
- Eh bien....
- Quel dialogue percutant! Les dragons ont la particularité de posséder quatre belles glandes igniforgeantes, un palais en duracuire naturel et une bonne dose de produit extrêmement inflammable, cent pour cent naturel aussi. Tu vas voir un peu ce que tout cela utilisé conjointement et à bon escient peut faire.
- ....??
- Si j'étais toi, je remettrais ma capuche, dans cinq secondes ça va devenir zone extrêmement humide ici. Genre piscine. T'es prête? C'est parti pour le chalumeau gazomédryomagique!
Et le tout petit dragon, gonflant ses poumons à la limite de la rupture alvéolaire, lève la tête et projette une magnifique flamme incandescente bien plus puissante qu'un vrai chalumeau à acétylène.
La voûte de l'igloo se met illico à luire, se fendille, craquelle, craque puis se ramollit, dégouline et finit par tomber en fines gouttelettes de pluie. Laissant la place à un magnifique ciel étoilé.
- Et voilà le travail, dit simplement le petit dragon fier de lui. Nous sommes sauvés. Oh mais, Lise, que se passe-t-il? Pourquoi ne réponds-tu pas? Lise? Lise? Mais tu es bouillante? Oh nonnnnn! Lise, Lise, s'il te plaît réveille-toi! Tiens, bois ça!

Et Lise ouvre enfin les yeux.
Pour se retrouver nez à nez avec son « chum » très inquiet.
- Que... Que se passe-t-il? Où est Sam?
- Ah ma chérie, tu m'as bien fait peur. Tiens, bois ce médicament. Tu as une forte grippe a dit le médecin. Tu as déliré toute la matinée. Tu claquais des dents, tu transpirais. Tu.... Mais qui est Sam?
- Un petit dragon.... magique.
- Un quoi?
- Non rien, je te raconterai plus tard.
- Oui repose-toi ma chérie. Ce soir on a des invités pour la fête du fiston. Dors un peu, moi je vais aller chercher le gâteau d'anniversaire à la boulangerie. Mince il neige dru! Je vais passer par le cimetière pour aller plus vite.
- ....
- Que dis-tu? Pourquoi pas par le cimetière? Dors ma chérie, reprends des forces, je n'en ai pas pour longtemps!

La nuit du sablier

Pour Lise G.

Avec les mots : amitié, océan, falaise, devoir, sablier

Assise à son bureau, les yeux dans le vide, Lysa ne tape plus son rapport de stage. La formation en alternance, ça a du bon, mais sauter directement à pieds joints de la case «baccalauréat S » (avec mention) à la case « monde du travail », loin de la famille et de la maison, même si on sait que ce n'est que pour deux ans, ça fait mûrir très vite. Et c'est parfois lourd à supporter.

Elle n'enregistre plus rien. Elle rêve du Québec.

Elle a décidé, une fois sa formation terminée et tous ses examens bouclés, d'utiliser le peu d'argent accumulé (moins le loyer, la nourriture, les cartes de bus et les frais divers) pour se payer un billet aller et retour afin de passer les fêtes de fin d'année là-bas, de l'autre côté de l'océan. Ah ça, le Québec, Lysa l'a déjà visité trois fois!

La première fois, c'était avec ses parents. Au

temps des sucres : Aux alentours des fêtes pascales, quand la neige commence à fondre, quand la sève gorgée d'amidon recommence doucement à monter dans les érables, quand on ouvre les cabanes à sucre et qu'on goûte à la première tire et au premier sirop d'érable de la saison. Quand le lapin de Pâques apporte les chocolats aux enfants sages. Mais ce voyage-là ne compte pas, elle était trop petite. Elle ne se souvient que de sa marraine Lise, du Québec, lui offrant une belle pièce en chocolat en remplacement de la quenotte qu'elle venait de perdre. Là-bas, c'est la fée des dents qui apporte un petit cadeau, pas la petite souris.

La seconde fois c'était juste avant l'automne, quand les érables virent au rouge sur les collines qui bordent le Saint Laurent. Une pure merveille. Le chemin des incendies du grand chanteur québécois Paul Piché que Lysa se passe en boucle dès qu'elle a envie de s'évader vers cette se belle province.
La dernière fois qu'elle y est allée, c'était en plein été. Qu'il faisait chaud! Ce pays n'est que contrastes et paradoxes! Moins 30 les hivers pas trop froids, plus 35 les étés pas trop chauds!
Rien en vue à l'horizon, la neige gommant tout l'hiver; des champs, des rangs, des forêts à perte de vue l'été!
Sa marraine et elle avaient écumé toutes les

piscines, tous les parcs d'attraction nautiques qu'elles avaient trouvés. Et des zoos. Là où il y avait des pavillons tempérés! Voire polaires, comme à l'Océanopolis à Brest.

Cette année sera magique : passer les fêtes de Noël et de fin d'année sous la neige! Dans la famille de sa marraine, presque sa famille. Sa famille par procuration.

Lysa ne réfléchit plus. Trop de paragraphes, trop de stress au boulot ont eu raison de son cerveau. Il va éclater. Non, il éclate.
Ça suffit comme ça, fin des devoirs pour ce soir. Une tisane, une petite sieste et hop au lit. Demain dimanche, il fera jour.

Elle file dans sa cuisine se faire un bon thé. Ne pas le laisser trop infuser sinon sa nuit sera blanche. Où est ce fichu sablier ? 3 minutes, c'est le secret d'une boisson réussie, qui lui vide la tête, mais ne lui ruine pas sa nuit.
M'enfin, ce maudit sablier n'est pas à sa place!
Il est pourtant bien repérable : un lutin qui porte un sablier, laid comme un pou mais bien pratique. Ah ça mais, que fait-il dans le réfrigérateur ? Encore heureux qu'elle voulait se faire une tartine beurrée. Jamais elle n'aurait songé à le chercher là! Pour un

acte manqué, c'est un sacré acte manqué.
Elle tend la main vers son sablier, qui fait un bond de côté..., surprise, Lysa sursaute. « Il va me falloir des lunettes si je continue d'user mes yeux sur mes bouquins de classe moi. »
Elle tend de nouveau la main. De nouveau le sablier lui échappe. Écarquillant les yeux Lysa ne comprend pas. « Mais dis donc toi, qu'est-ce qui te prend ? Viens là! » « Non, pas question » répond le gnome hideux. « Hein ???? » « Veux pas! » « Dis donc espèce de lutin ignoble, veux-tu bien venir ici, j'ai besoin de toi. Tout de suite! » la tête dans le réfrigérateur, essayant de capturer un nain rebelle, Lysa ne se demande même pas ce que cette situation a d'incongru, tellement prise par le fait que son thé va infuser trop longtemps .

– Nan, je veux plus travailler pour toi. Tu dis tout le temps que je suis laid.

– Ben, c'est parce que tu l'es, laid.

– Je ne suis pas laid. Moche, peut-être, encore que ce n'est en aucune façon de ma faute. Mais utile c'est certain. Alors soit tu arrêtes de me mépriser, soit je continue de faire la grève sur le tas. Na.

– Je sais bien que tu es utile, sablier, alors viens ici tout de suite!

– Nan nan et nan. La méthode forte ne marche pas avec moi. Pas plus que l'intimidation ni la méchanceté. Referme

donc la porte et laisse-moi bouder tranquille.
- Mais que veux-tu à la fin ???
- De la reconnaissance.
- ...
- Et de la gentillesse...
- ???
- Un peu de tendresse aussi...
-!!!
- Ben quoi, je suis un être humain moi aussi! En plastique moulé, soit, mais j'ai une âme. Et toi tu me traites comme un simple objet. Ça m'attriste beaucoup vois-tu.
- Mais enfin, que cherches-tu à me dire, sablier ?
- Emmène-moi avec toi.
- Plaît-il ?
- Tu veux aller au Québec, moi aussi.
- Tu veux ... ?
- Aller avec toi au Québec. J'adore le froid! J'adore la neige. Regarde sous mon pied gauche, là, tu vois l'étiquette ?
- Ici ? Made in China.
- Voilà! Made in China. Et direct de l'usine à chez toi sans passer par la case voyage! Dans une caisse fermée sans trous d'aération. Moi je veux vivre, je veux visiter des pays. Je veux voir les falaises d'Etretat, la Tour Eiffel et les 7 merveilles du monde. Emmène-moi au Québec s'il te plaît. Je veux faire des bonhommes de neige, je veux me rouler dans la neige. Je veux jouer avec des boules de neige! Steuplé steuplé steuplé! En

échange je te promets de ne plus faire grève, de ne plus bouder, de devenir sage comme une image.
- Bah, effectivement, tu ne prendrais pas beaucoup de place dans ma valise.
- Ah non! Moi je voyage avec toi en cabine. Pas dans la soute. Il y fait noir et on côtoie des trucs pas fréquentables.
- Bon. Avec moi, dans la cabine. Soit.
- Côté hublot ?
- Côté hublot.
- Tu me poseras sur le rebord du hublot pour que je puisse admirer le paysage ?
- Je te poserai sur le rebord du hublot. Je passerai pour une folledingue, mais je le ferai.
- Et quand on reviendra, tu m'emmèneras voir les 7 merveilles du monde ?
- Euh, alors là je te mettrai devant l'écran de mon ordi et je te ferai un diaporama rien que pour toi. Parce que côté finances, je ne peux pas faire plus.
- Bon, c'est mieux que rien. OK. Tope-là et je te mesure ton temps d'infusion. Mais ensuite tu me poses sur ta table de nuit, près de ton cadre magique et tu me fais défiler le diaporama des photos que tu as prises là-bas, chez Marraine Lise. Pour nous mettre dans l'ambiance. Hein! Et avant de t'endormir, tu me liras une histoire! Une de celles que ta maman écrit. Tu sais qu'elle écrit très bien ta maman. Tu devrais

balancer son lien de page Facebook pro à tous tes amis en leur demandant de faire pareil.
– Euh ? Tu n'abuses pas un peu là ?
– Oh, à peine.
– Et puis d'abord, c'est ce que j'ai fait ! Pas eu besoin d'attendre que tu le demandes.
– Bon. Alors ton thé est prêt. Et j'en veux bien une tasse. Mais dépêche-toi, j'aime pas quand c'est trop fort, ça m'empêche de dormir. Après tu me poses sur ta table de chevet, hein ?
– Promis.
– Chic ! Tu te rends compte ! On va au Québec voir ta marraine ! Quelle chance !
– Non en fait je ne m'en rends pas compte ! Mais ça viendra. Ou pas.
– Sans vouloir abuser, tu me ferais une petite tartine beurrée ? Sans confiture. Faut que je surveille mon poids ! Allez ma Lysa, à ta santé !

… « La Très Science N°1 »

Pour Marie-Claude G.

Avec les mots : solitude, boson, tardigrade, totipotent, nocturne (hein?!?!*)

ça m'apprendra à lancer un défi à une scientifique!

Le plus difficile, quand on a été une élève sérieuse, qu'on est une étudiante sérieuse, qu'on veut devenir une adulte sérieuse, c'est de garder le rythme du travail. À la fac, à la maison, pas de repos. Les études, c'est une course de fond, dans la solitude d'une chambre d'étudiante.

Sur le bureau : à gauche le microscope.
À droite, les bouquins d'études remplis de formules compliquées, de mots savants et de photos plus ou moins ragoutantes, aux dires des parents qui n'ont fait que regarder vite fait, par politesse, dépassés par le niveau de culture demandé, avant de s'enfuir devant le portrait d'un trop mignon tardigrade, cette sorte de sac d'aspirateur microscopique (mais laid! Selon les critères de maman) avec une espèce de sorte de genre de bouche de sangsue (selon les critères de papa).

Au milieu, l'ordi portable et les deux disques durs de sauvegarde. Dans sa tête, son cerveau est plein à craquer lui aussi.

Sur les murs, des décos de tous genres. Heureusement que Marie-Claude n'a pas suivi son idée première : elle voulait remplacer les posters de ses groupes coréens préférés par quelques images de tardigrade et de boson (c'est si joli un boson! Selon les critères de notre jeune étudiante).

Je m'en vais vous écrire ici, de suite, la vraie définition du boson; enfin la première phrase (comprenne qui voudra hein! Rendez-vous au point mettant fin à ladite définition) : « En mécanique quantique (kécékça?), un boson est une particule de spin (euh, nan c'est pas de pin y a pas de faute d'orthographe, j'ai bien regardé) entier (apparemment il y en a, des spins, pas entiers...?) qui obéit (ben dans le monde d'aujourd'hui, il n'y en a plus beaucoup qui obéissent...) à la statistique de Bose-Einstein. (Je croyais qu'il s'appelait Albert. Ou alors c'en est un autre ? Un cousin peut-être? L'intelligence serait donc génétique ??? Mince pour moi, ça a sauté une génération!).

Voilà! Ce soir je me coucherai moins bête et vous aussi, amies lectrices, amis lecteurs (rassurez-vous je ne ferai pas d'interro!) Je ne sais pas à quoi vont servir toutes ces formules, tous ces mots.

Franchement, je suis pleine d'admiration pour nos étudiantes et pour nos étudiants dont on farcit les jeunes cerveaux de tout ceci. Il faut un sacré courage pour faire des études supérieures poussées dans notre pays au jour d'aujourd'hui. Et c'est moi qui ai des terreurs nocturnes après avoir eu un faible aperçu de ce bourrage de crâne scientifique. (Et à la vue du tardigrade, ce tout petit petit petit petit petit petit petit petit petit petit petit petit animal qui ressemble à un sac à aspirateur, et dont je vous ai mis la photo en illustration de cette chronique. Je ne vois pas pourquoi je serais la seule à faire des cauchemars.)

Notre étudiante en est à boucler sa seconde année, en a encore pour 4 autres longues années, bosse le samedi pour se payer son rêve cet été (un grand voyage d'un grand mois) et doit donc tout faire pour échapper aux rattrapages. Le bagne en fait.

Mais elle a l'air d'aimer. Et ce soir justement, elle révise. Les partiels du second semestre approchent. Mais là, elle est dans le dur. Ça ne rentre plus.

Une petite voix se fait entendre « Vas-y, courage. C'est la nuit que le cerveau nettoie son disque dur et se met à jour. » « Silence

petite voix, je travaille. » « Justement, écoute moi. Depuis le temps que je sers de sujet d'étude, je sais de quoi je parle. » «Alors, petite voix, de quoi parles-tu ? » « De moi. » « Développe s'il te plaît. » « Je suis une petite cellule totipotente et je sers de sujet d'étude aux deuxièmes années comme toi. » « Je sais ce que c'est une cellule totipotente, merci, petite voix. Mais elles ne parlent pas les cellules totipotentes. » « Si. » « Non. Parce que ce n'est pas leur fonction première. » « Effectivement parler n'est théoriquement pas du tout dans nos capacités. Mais moi, j'ai envie de te parler. Ça me fait du bien de m'exprimer. Pour une fois. Il n'est pas non plus dans mes attributions de regarder par dessus l'épaule d'une étudiante et pourtant c'est bien ce que je suis en train de faire en ce moment-même. » Surprise, Marie-Claude regarde sur son épaule droite. Rien.
Elle soupire pensant qu'elle commence à divaguer et qu'il est temps d'éteindre son écran. «Perdu! Je suis sur l'autre épaule! a repris la petite voix. » Effectivement, sur son épaule gauche, bien assise les pieds dans le vide, une petite cellule lui fait un grand sourire. « Tu dis tout le temps que je suis jolie. Alors j'ai pensé que ça te ferait sans doute plaisir que je vienne te voir. Je suis sortie de la page 157 de ton livre de traité des sciences appliquées à la pharmacie générale. Je ne fais que passer. Je dois être

de retour dans ton livre avant ton prochain cours. C'est vrai que tu me trouves jolie ou bien ? » Le premier moment de surprise passé, le second puis le troisième aussi, Marie-Claude a refermé la bouche, pour faire plus sérieux et moins intimidé et hoche la tête. « Alors je te remercie bien! Ça me fait très plaisir! D'ailleurs j'ai bien aimé la définition que tu as donnée de moi à ta maman pour essayer de lui faire comprendre ce que je suis. Je te cite de mémoire: Tu lui as écrit que je suis une cellule embryonnaire capable d'engendrer (j'aime beaucoup ce mot, engendrer) toutes les cellules pour construire un organisme. C'est succinct mais très bien résumé. » « Merci » « De rien. Et ton dessin de moi, tu sais... » «Ma petite Bande Dessinée ? » « Oui! Tu veux bien me la montrer encore ? Je t'ai vue la faire mais je n'ai pas eu le temps de la regarder en détail. » Marie-Claude cherche dans ses dessins et lui montre ceci:

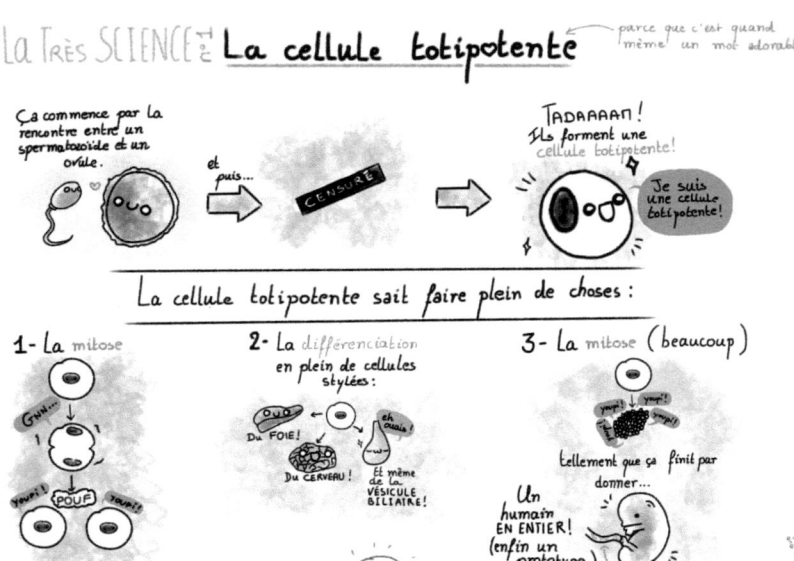

« Oh! C'est comme ça que tu me vois donc! C'est vrai que tu m'as joliment dessinée! J'adore ton humour. Merci! » « De rien. Contente que ça te plaise. » « Dis, tu veux bien que je revienne te voir de temps en temps ? Je m'ennuie un peu page 157. Ce livre est très reposant, trop reposant même, si tu veux mon avis. Tu es d'accord alors ? » Nouveau hochement de tête. « Petite cellule totipotente, tu me fais loucher! Tu veux t'asseoir sur mon bureau ? » «Si ça ne te dérange pas, je ne préfère pas car je suis fragile et tu pourrais m'écraser sans le vouloir. » « Ah bon. Mais tu peux t'asseoir sur le haut de mon écran. On pourra discuter tranquillement. » « D'accord. Regarde, je peux sauter loin ah ah ah! Et voilà! Tu as bien avancé dans tes révisions dis donc! C'est du sérieux! » « Merci. » «J'aime bien ta chambre.» « Encore merci. » « Il va falloir que je rentre page 157. Dommage. On se dit à demain ? » « A demain, petite cellule totipotente, ravie d'avoir fait ta connaissance! » « Moi aussi! Tu es ma première et ma seule amie! À demain! Et si tu veux je pourrai te faire réviser, je connais tout le programme par cœur! Bonne nuit! » et la petite cellule disparut dans le gros livre de traité des sciences appliquées à la pharmacie générale.

Nb : Chères amies lectrices, chers amis lecteurs, sachez que j'ai eu du goût à écrire ce joli texte à la gloire des micro cellules, que j'ai eu du goût à apprendre, et à vous faire apprendre, tous ces mots compliqués; que je suis très très très fière de mes filles. Mais que je déteste les tardigrades (presque autant que les nains de jardin). Qu'on se le dise.

Tu vas être tonton !

Pour Adrien

Avec les mots : sapin, singe, pizza, ciment, clarinette

Il était une fois... Oui, tout bon conte qui se respecte doit commencer par « Il était une fois », n'est-ce pas ? Je ne dérogerai donc pas à la règle. Allons-y.
Il était une fois un beau jeune homme fort sympathique bien qu'un peu réservé, dessinateur de son métier. Illustrateur de contes pour être plus précis.

Pratique ce métier : Bob travaillait dans son studio. Ou bien il vivait dans son bureau ? Au choix.
Tout en réchauffant sa pizza dans la poêle, vu qu'il n'avait toujours pas acheté de four, Bob réfléchissait au message que sa sœur venait de lui laisser sur son répondeur. Bercé par le cd de Sidney Bechet qu'il avait mis en musique de fond, il se perdit dans la forêt de ses pensées et brûla sa pizza. Direction la poubelle. Le réfrigérateur étant aussi vide que les placards (trop de boulot pas le temps de faire des courses), il s'empara de la dernière bière et s'affala dans

le canapé.

Machinalement, Bob saisit son carnet de croquis. Ça le détendait et ça l'aidait à réfléchir aussi. Il se mit à crayonner. Un sapin, puis deux, puis une forêt de sapins apparut sur le carnet.
Dans cette jolie forêt de sapins Bob fit pousser un bébé sapin tout tordu. Il ne voyait pas bien la lumière du soleil, caché par ses grands frères sapins. Alors il poussait comme il pouvait, se tordant le cou pour essayer d'attraper un rayon ici ou là. Mais sa maman sapin l'aimait tant que petit sapin s'en moquait de ne pas avoir le port altier de ses frères ou de son père. Un matin, petit sapin fut réveillé par des bruits qui ressemblaient fortement à des coups de hache de bûcherons.
« Malheur!» cria papa sapin. « Horreur » répondit maman sapin. Et boum boum boum, au bout de quelques heures ne tenait plus debout, tout tordu, tout tremblant, que petit sapin orphelin de frères, de père, de mère.
A son pied sortit une tête échevelée.
– Oh bon sang de bois! On l'a échappée belle hein, petit sapin!
– Ah! Au secours au secours!
– Chuuuut! Tu vas nous faire repérer! Tais-toi donc! Oui je suis un troll et alors ? Je ne suis pas méchant moi! Pas comme ces maudits bûcherons! Regarde ce qu'ils ont

fait à notre forêt!
- Un troll ? Toi ? Avec une tête de hobbit et des rastas!
- Et alors, c'est à la mode les rastas! Et toi, tu ne t'es pas regardé! Tu es aussi hirsute et tordu que moi! Mais toi tu ne bouges pas! Moi, je suis agile comme un singe, regarde!
- Ce ne sont pas tes pirouettes qui vont me réconforter. J'ai perdu toute ma famille!
- Oui, j'ai entendu dire qu'ils vont construire des tas de maisons, des trucs en béton et en ciment. Quelle galère. Regarde moi, je grimpe sur toi! Malgré ton tronc tout tordu et tes branches fourchues!
- Ah ah ah tu me chatouilles petit troll! Arrête!
- Bon, d'accord. Je vais m'asseoir sur ta branche, là, comme ça on peut causer.
- Comment sais-tu ce qui va se passer ?
- C'est mon père qui en discutait avec le vieux chêne des prés verts.
- Et pour ma famille ? Regarde, ils ne bougent plus.
- Oh, eux ? Ils ont de la chance! Ils vont être emportés à l'usine de la ville d'à côté. Ils seront débités et transformé en parquets. Ils reviendront ici, en planchers. Toi, ils t'ont épargné parce que tu es comme moi, tout moche et tout tordu.
- Mais qu'est-ce qu'on va devenir sans eux ?
- Ben tu vas grandir! Et devenir un peu plus droit maintenant que tu vois le soleil. Moi, je

vais changer de forêt. Ici il n'y a plus d'abri pour moi.
- Oh non troll! S'il te plaît, reste! Ne me laisse pas tout seul!
- Tu veux qu'on devienne copains ? Un troll et un sapin ?
- S'il te plaît.
- Mmmmm laisse-moi réfléchir. Tu es un peu petit pour me servir de maison!
- Mais je peux te servir d'ami ? On jouerait ensemble. Tu te reposerais sur ma branche, comme tu le fais en ce moment.
- Ouais faut dire que c'est ta seule branche à peu près droite. Mais celle-ci me gêne et me fait mal au dos. Tu permets ?
- Qu'est-ce que tu fais ?
- Ben je la coupe. Voilà c'est mieux! Regarde, je suis très habile avec mon couteau. Je vais me fabriquer une petite flûte et je te jouerai un air d'accord ?
- Si ça peut t'amuser... Il n'y a rien d'autre à faire ici.
- Je me serais bien fabriqué une clarinette, mais ta branche est bien trop petite! J'adore le son de la clarinette! Sidney Bechet, tu connais ?
- Hein ?
- Sydney Bechet! « Petite Fleur »!? Non ? Ben ça alors!

Drinnng une sonnerie de téléphone coupa court au dialogue. Le sapin, la forêt et le troll avaient disparus. Bob se réveilla en sursaut, attrapa son téléphone. C'était sa sœur. Elle venait d'épouser un gars adorable. Hirsute, avec des rastas.

« Coucou frangin, tu as eu mon message ? Tu vas être tonton! ».

Sur la table basse, devant le canapé, Bob fixait la page de son carnet : Dessus il y avait dessiné un sapin tout tordu et un petit troll hirsute. Avec une tête de hobbit et des rastas. Et le troll lui fit un sourire entendu qu'il ponctua d'un magnifique clin d'œil suivi d'un :

– Salut tonton! A bientôt!

Puis il disparut, agile comme un singe, dans le petit sapin qui se tordit de rire sous les effets des chatouilles de son copain.

Manga!

Pour Élo B.

Avec les mots : post-apocalyptique, pouvoir, oppression, aventure, amour

La dernière balle a été tirée! Son adversaire n'aura pas le temps de recharger! Alaya est sur lui. Alaya l'a estourbi. Un Empi-Uchi (attaque du coude) entre les épaules, le méchant a lâché son arme. Un beau Nagashi-Geri (coup de pied balayant), il est tombé par terre. En bonne héroïne de manga, Alaya décide de lui laisser la vie sauve. Le méchant est sonné pour le compte. Notre héroïne est déjà loin.

Page suivante, on imagine un paysage post-apocalyptique de vraie fin du monde. En noir et blanc. Une héroïne de manga se doit d'évoluer dans un décor épuré et sans couleurs. Tout est dans le dessin.

Alaya a les traits d'Élodie, Élo pour les amis. Elle sera dessinatrice de mangas un jour. Ses histoires, elle les a dans sa tête. Son héroïne, c'est elle. Alaya-Élo. Élo-Alaya. Une invincible jeune fille qui connaît tous les coups de karaté, qui peut désarmer n'importe qui. Elle peut vivre n'importe quelle aventure et s'en tirer sans une

égratignure. Elle ne cédera jamais à l'amour car une héroïne telle qu'Alaya doit vivre seule. Pour mieux lutter contre tous.
Élo fait une pause en plein milieu de son nouveau scénario. C'est épuisant ces combats. Et puis bientôt ça va être son tour. Elle attend qu'on l'appelle. Elle n'a pas trop le moral. Déjà que ses parents lui ont refusé ce magnifique tatouage de phœnix sur le bras. Pfff qu'est-ce qu'ils y connaissent eux, aux tatouages. Son copain Jon lui a dit que ça ne fait même pas mal. Alaya en a un, de tatouage : un sabre de samouraï pointe en l'air, sur son biceps gauche. Et comme son costume de justicière manga est un juste au corps hyper moulant avec débardeur sans manche, ses ennemis voient toujours son tatouage. Ça les déstabilise et paf! Un coup de coude (Empi-Uchi) dans le plexus! Le gars est automatiquement plié en deux. Alaya peut alors l'achever d'une main, au choix, par un jodan-zuki ou son préféré le mawashi-zuki. Ces deux coups de poing, le premier au visage, le second circulaire, peuvent, suivant la force de l'héroïne, au choix, péter le nez ou occire l'adversaire. C'est selon. Alaya dompte sa force, Alaya maîtrise ses super pouvoirs.
Bon, pour le moment, Élo n'en mène pas large: l'appel se fait par ordre alphabétique... Élo B... ça va venir vite. Ça y est la prof principale l'appelle. Élo n'a plus de choix que

de se lever, d'aller d'un pas plus ou moins vif jusqu'au bureau et se retourner dos au tableau, face à toute la classe. Suprême humiliation : la prof principale va énoncer sa moyenne trimestrielle devant tout le monde. Mince! Elle finit l'année en beauté... 9,79 de moyenne générale... Finalement, c'est moins qu'au trimestre précédent...Ah ben tiens, voilà le décompte des notes aussi... Pfff. La prof principale a une tête qui ne lui revient pas. Tant pis pour elle... Alaya va bientôt en venir à bout. Dans son prochain combat, sa prof aura une place de choix. Bien fait pour elle. 8 en maths (elle déteste les maths) 9,25 en français (non mais faire faire encore des dictées en seconde c'est du grand n'importe quoi!) 3,5 en chimie (!) elle n'y comprend rien à l'équilibrage des trucs, là, les formules. 18 en dessin (Na!) 17 en gym (Eh oui!). La vie sourit aux audacieuses! Mais bon ça ne suffit pas d'avoir la meilleure note dans seulement deux matières. Élodie le savait, elle va encore se taper des devoirs de vacances avec une prof privée Pfff. Pourvu qu'elle aime le dessin.
Fin du calvaire, Élo retourne s'asseoir, son bulletin scolaire entre les mains. Il fallait bien une dernière de la classe. On devrait la remercier plutôt que de l'humilier. Elle s'est sacrifiée. Tout le monde ne peut pas en dire autant.
Elle a posé son bulletin sur son bureau, face

cachée. Devant elle, Élo ne voit plus qu'une page blanche... Le visage d'Alaya s'imprime dessus... Alaya lui fait un sourire entendu : une héroïne de manga qui se bat avec des super pouvoirs contre un monde de gros machos de profs, qui lutte contre cette oppression de masse, de notes et de moyennes n'a pas besoin d'être la première dans toutes les matières! C'est ainsi! Il lui suffit juste de maîtriser les coups de pieds circulaires.... (Mawashi-Geri)

SF

Science Fiction

<u>   Pour Fred B ... et ses garçons!</u>

Avec les mots : artificier, anneaux, planétaire, embouchure, écrivain

Dans la famille B, il y a le papa, la maman, et les deux garçons. L'un de 8 ans, l'autre de 6 ans.
Mais quand on est un grand de 8 ans, on ne joue pas avec les petits de 6 ans. Sauf .... sauf quand papa vient raconter des histoires le soir! Les garçons aiment bien que ce soit papa qui raconte. Parce que quand c'est maman, ses histoires sont pleines de euh... de princes en armure, de chevaux, de dragons, de trucs de filles quoi. Pas terrible. Alors que, papa, lui, on dirait un vrai écrivain parce que là on rentre dans la troisième dimension! Il invente toujours des histoires de super héros avec des sabres laser, des vaisseaux spatiaux, des cyborgs. C'est sûr, les histoires de papa elles sont plus cool.
Et comme ce soir on est samedi, c'est papa qui va raconter. Pas question de traîner! Vite le pyjama, la brosse à dents, et hop au lit! Les deux enfants sont couchés.... papa va entrer.... L'histoire va commencer!

- Alors les garçons, vous êtes prêts? Attachez-vos ceintures, Ouvrez grand vos yeux, ce soir nous partons avec notre navette à hyper vitesse. Nous allons traverser la galaxie et nous allons nous diriger vers la planète Omega 7. On nous a signalé des rebelles Artificiers cachés sur les rives du fleuve konneconnépa. Moteurs puissance exponentielle x3!
- Psiit, Damien, ça veut dire quoi puissance espotinentaile x3?
- Tais-toi Yoan, écoute et penche-toi dans le même sens que moi.
- Attention à l'accélération les garçons, nous devons vaincre la pesanteur de la planète alpha 12. Sinon elle va nous attirer à elle. Soldat Damien, allumez les fusées à contre réaction binaire. Surveillez le réchauffement de la turbine. On ne doit pas dépasser les mille degrés. Je m'occupe du bouclier thermique.
- Bien commandant!
- Soldat Yoan, allumez l'écran de contrôle et prévenez-moi quand vous verrez l'embouchure du fleuve.
- Oui papa! Euh, oui commandant!
- Notre mission, soldats, si vous l'acceptez, sera de trouver et d'attaquer le camp des rebelles Artificiers. Les gazer, les occire, les pulvériser, les atomiser. Bien compris soldats?
- Bien compris commandant!

- Oui papa! Euh oui commandant!
- Sauf le chef des rebelles Artificiers. Il connaît le code pour désamorcer les bombes qu'il a osé cacher le long du fleuve. Celui-là, nous devrons le capturer vivant et le ramener à la base Delta fraise pour l'interroger, Nous allons le torturer, le soumettre à la question et lui faire tout avouer!
- Permission de parler commandant?
- Permission accordée soldat Damien.
- Et si, dans notre vaisseau spatial, le rebelle Artificier nous attaque?
- Impossible soldat Damien. Nous l'aurons estourbi, bâillonne, ligoté, saucissonné et enfermé, attaché aux anneaux antitelluriques dans le coffre prison en verre totalement incassable. Et si cela ne suffit pas, nous le priverons d'air. Juste un peu, pour le rendre totalement inoffensif. Cela répond-il à votre question, soldat Damien?
- Oui commandant!
- Êtes-vous rassuré soldat Damien?
- Oh oui commandant!
Mais une toute petite voix se fait entendre:
- Dis papa commandant, ils ne vont pas nous tuer les rebelles hein?
- Mais non soldat Yoan car nous avons l'arme la plus redoutable! L'arme qui terrasse tous les rebelles! L'arme qui paralyse tous les ennemis!
- Ah bon, mais quelle arme alors?

C'est toujours à ce moment là que papa saute sur les garçons en leur faisant des chatouilles super chatouillantes, hypra giga chatouillantes même! Et à chaque fois, ou presque, les enfants éclatent de rire, essayant eux aussi de chatouiller leur papa. Et à chaque fois, ou presque, maman arrive pour calmer ses trois gamins en disant:
- Ça suffit maintenant les garçons sinon vous allez être trop énervés pour vous endormir. Si ça continue, je vous lis l'histoire du Prince Charmant.
Généralement cette menace calme les ardeurs de ses trois garçons! Et chaque soir se termine toujours de la même façon: par de gros bisous. Et là, ce sont les bisous de maman que les garçons préfèrent. Parce que le soir, papa, il pique un peu. Puis papa éteint la lumière et ferme doucement la porte.
Alors Yoan s'endort en rêvant à son super papa qui le protégera toute sa vie.
Et Damien s'endort en imaginant que plus tard, finalement, il ne sera pas pompier. Il sera plutôt un super héros, à la renommée planétaire. Il fera le bien dans toute la galaxie. Et au-delà.

CHANSONS ET COMPTINES

Comptine pour Amaury

Pour Véronique F.

Avec les mots : rouge-gorge, cloche, mystère, cachette, comptine

a) Pour chanter cette comptine, vous allez mimer avec vos doigts :
- Le lapin : index et majeur redressés.
- Le rouge-gorge : une main paume vers le haut, l'autre main, doigts serrés, venant taper la paume
- La cloche : vos mains jointes formant un dôme, faites passer un majeur à l'intérieur des paumes
- La pâquerette : une main, pouce formant un O avec les 4 autres doigts, devient un puits, faites sortir l'index de l'autre main du bas du puits (auriculaire) vers le haut du puits (pouce/index)

b) Pour conclure la comptine, changez le prénom par celui de l'enfant à qui vous la chanterez. Y a pas de mystère : Certains prénoms n'auront pas de rime. Mais ce n'est pas grave, les chatouilles, c'est plus fort que les rimes!
Mais je veux bien essayer de vous aider à en

trouver quelques unes :

- Pour les prénoms en «a » : tous ces mots sympas ah ah sont venus voir Samantha.
- Pour les prénoms en « é » : tous ces mots chantés eh eh sont venus voir Aglaé
- Pour les prénoms en « e » : Tous ces mots joyeux euh euh sont venus voir Matthieu
- Pour les prénoms en «o » : Tous ces mots si beaux oh oh sont venus voir Mathéo
- Pour les prénoms en « u » : tous ces mots connus uh uh sont venus voir le p'tit Manu

Vous pouvez aussi trouver vos propres rimes! Je ne relèverai pas les copies. Et on n'est pas là pour singer la star academy!

c) Allons-y!

Le petit lapin qui court dans le jardin.
Le petit rouge-gorge qui picore des grains d'orge*.
Et la petite cloche qui tinte sous le porche.
Et la pâquerette qui pousse en cachette.
Tous ces petits mots oh oh sont vraiment très rigolos.
Tous ces mots gentils hi hi

Sont venus voir Amaury » (et là vous pouvez chatouiller l'enfant!)

(*vous pouvez utiliser la main de l'enfant dans laquelle vous « picorez » de votre main)

d) Pour la musique, vous avez le choix entre: l'inventer ou dire la comptine (je vous avais mis un exemple sur ma chaîne you yube. Mais elle a disparu! Désolée). De plus mes filles sont trop grandes et ont catégoriquement refusé de se prêter au jeu. Gamines, pourtant, elles adoraient que je leur en invente, des comptines.

e) Mes fufus n'ont pas voulu non plus rester jusqu'au bout; pourtant ils adorent les chatouilles sur le bidon! Mon chat, je n'ai jamais réussi à le mettre sur le dos! Bref j'ai fait avec les moyens du bord.

P'tain d'Caribou *

Pour Clément de la part de Mathilde,
Chloé et Françoise

Avec les mots : Banjo, musique, chanson, manger, sourire

*Clément, c'est un pote. Il adore sa famille, les chansons, les amis. Il adore manger. (il adore aussi les gros mots, mais ici, je vais juste mettre un *. à vous de comprendre...!)*

Si je viens le voir sans apporter mon ukulélé ou ma guitare, il me fait les gros yeux. Parce que Clément, les chansons, il kiffe grave. Si je sors mon banjo, imaginez le sourire banane!
Mettez lui un de ces œufs en plastique rempli de graines dans la main et écoutez le rythme qu'il a!
Alors on prend une chanson, une chouette, on garde la musique, on améliore les paroles. Et c'est parti! Olympia, nous voilà, Clément-Loulou, mon uku, ses choristes et moi!
Vous voulez un échantillon de notre répertoire ? Ok!

Connaissez-vous cette très célèbre chanson

de Bob et Flanagan intitulée « P..ain* d'Caribou » ?
Voilà ce qu'on en a fait. Accrochez-vous, c'est du lourd !

On aime rigoler le soir après l'dîner
On aime aussi jouer et encore plus chanter.
M'sieurs dames écoutez donc
Et reprenez en chœur
Le refrain de cette chanson
Qui va faire un malheur :

Refrain :
Loulou mon Loulou,
On va bien rigoler
Pu.ain* d'Caribou
 On va bien s'éclater

} Bis (pour le plaisir!)

On a du talent la preuve on plaît bien aux gens
Qui nous écoutent chanter nos paroles plutôt osées
On y met des gros mots on trouve ça rigolo
Mais venez donc chanter avec nous toute la soirée

(Refrain)

Un jour, ça c'est vrai, on risque de se faire virer
Par des voisins furieux d'avoir été réveillés
Mais si on s'fait remarquer, on fera p't'être

un disque
Qui deviendra un tube et nous on d'viendra très riche

(Refrain)

Si ce jour là arrive, on utilisera nos sous
Pour racheter ici les maisons autour de nous
On y fra un studio et même une boîte de nuit
Y aura même open bar pour la foule de nos fans chéris

(Refrain)

La Campagnole, vous connaissez ?

> Pour Yveline ET tous ceux qui en ont marre des politocards français

Alors comme ça des amis m'ont demandé si je voulais bien m'exprimer sur ce qui va se passer dimanche[2]. J'ai eu les mots: Marine, François, Emmanuel, Benoît, Jean-Luc.

Moi, j'ai choisi la musique révolutionnaire "dansons la carmagnole" et voici Mes paroles.
Rien que pour vous, j'ai ajouté la vidéo... Veuillez excuser la piètre voix: Johnny n'a pas pu venir faire le choriste.

Bon, Yveline, tu l'as voulu, tu l'as eu!
Olympia me voilà!

Nb: et ceux qui vont la lire sont obligés de la chanter dimanche! Je vous écouterai!
Nb 2: si je vais en prison, venez me voir hein!

Pour toutes celles et tous ceux qui en ont marre de nos politocardes et politocards)

sur l'air « dansons la carmagnole »

1) A droite, à gauche sont tous pourris : ils nous volent, ils nous humilient (2)
Et au milieu le font aussi! Bon sang d' bonsoir on est trahi! (R)

R : Face à tous ces guignols, la solution, la solution
Face à tous ces guignols, la solution : LA RÉVOLUTION!

2) Le Nicolas l'a bien cherché de son parti il est viré (2)
Il peut pleurer dans les jupons de son copain François Fillon

3) Le roi Flamby François 1er avait prédit dans mon quartier (2)
« Moi président, fin d'la chienlit » mais ce n'étaient que des ment'ries

4) Emmanuel le p'tit mitron fait sa tambouille dans l'dos d'Hamon (2)
Qu'il fasse bien attention à lui ou lui aussi s'ra raccourci.

5) Pas vu pas pris l'François Fifi assure sa place, vire sa chérie (2)
Faut l'mettre au Smic en HLM là il chant'ra une autre rengaine

6) Quant au Benoît, il est comme eux, à promettre des trucs foireux (2)
Il nous prend vraiment pour des cons, va s'prendre des coups de pieds dans le fion

7) Les filles valent pas mieux que les gars, extrême gauche-droite même combat (2)
Et comme la parité l'exige, on vire les deux, plus de litige.

8) La valse des rois présidents, voleurs, menteurs, a démarré (2)
On n'en veut plus à l'Élysée zont qu'à tous aller s'rhabiller

9) Au niveau des chaises musicales ils vont tous y perdre leur travail (2)
Grâce au non cumul des mandats aucun n'a le droit d'être là!

10) Y en a marre des politocards foutons-les donc tous au placard! (2)
Faut les virer de la planète et voter pour un mec honnête.

LETTRES OUVERTES

Lettre à ma voisine

Pour Marie-Neige

Avec les mots : sourire sable aquarelle chat tendresse

Ma chère voisine, un petit mot juste pour te dire que j'ai remarqué hier matin que tu étais repartie en Région Parisienne. Mais tu as oublié (ou bien est-ce à bon escient?) de fermer les volets à l'étage. On n'a même pas eu le temps de se voir! A croire que tu m'évites! Mais non, je rigole!
Alors je suis allée les fermer pour toi puisque, quand tu m'as laissé ta clé la dernière fois (tu te souviens c'est quand tu m'as demandé de venir nourrir ton chat, alors qu'il avait filé on ne sait où et que tu devais rentrer en urgence) j'ai pensé à en faire faire un double pour moi. De toute façon, ça ne me gêne absolument pas de faire tout ça pour toi. Surveiller ta maison en ton absence, ton chat, tout ça quoi.

Par contre, il me vient quelques remarques, comme ça, au débotté, et, bien entendu, en toute amitié. Je voudrais t'en faire part. Alors voilà. Tout ça s'est passé le jour où tu m'as demandé de m'occuper de ton chat.

Tout d'abord, il faut dire que ta déco, c'est pas ma déco. Nous n'avons pas les mêmes goûts. Par contre il y a plusieurs petites choses qui me plaisent bien chez toi, on s'y sent bien à l'aise. Comme cette aquarelle de ma balade préférée du Tour de Pointe, c'est toi qui l'as faite, non? Ben elle est très réussie! Tu as pris des cours sans doute ? J'ai moins aimé ton portrait à l'huile de ton chéri. Ce sourire béat, c'est pas lui. Et la couleur de ses yeux, approximative. Enfin je dis ça, je dis rien hein, je ne suis pas critique d'art après tout. Mais le vert de son pull jure avec le gris bleu de ses yeux. Moi, je serais toi, je m'en tiendrais à l'aquarelle.

Mais ta cuisine toute neuve, tu sais que j'en ai rêvé pendant une semaine! C'est ça des plaques à induction ? Dis donc, qu'est-ce que ça chauffe vite! Je n'ai pas osé te le dire en face, mais il faisait humide quand j'attendais désespérément le retour de ton chat. Alors, en fouillant un peu, oh sans déranger, dans les placards (ils ferment sans claquer dis donc! Belle conception!) j'ai trouvé quelques sachets de poudre à café instantané. Les casseroles pendaient devant mon nez, et comme tu n'avais pas coupé l'eau, seulement l'électricité, (Ne t'inquiète pas, j'ai trouvé le compteur), je me suis fait chauffer un petit café. Et j'ai trouvé un sachet de biscottes, je me suis permis de l'entamer. Tu avais laissé du beurre dans le réfrigérateur! Tsss tssss, sans électricité et la porte fermée, il ne serait pas resté bon longtemps. Je l'ai donc terminé comme ça il ne rancira pas et remercie-moi, tu n'auras aucune odeur désagréable dans ton réfrigérateur. Et puis le beurre bien ramolli, qu'est-ce que c'est facile à étaler! Tu as dû être fière de moi quand tu es revenue : je n'en ai cassé aucune! je n'ai quasiment pas fait de miettes! Heureusement, comme j'étais dans ton salon, fallait pas salir le canapé en cuir! Mais tu sais, je l'aurais acheté noir, pas couleur sable, c'est très salissant comme couleur.

Et dans ton cellier, je suis tombée sur ta collection de confitures! Ce sont celles de Marie-Laure, non ? Allégées en sucre! Ah elles sont délicieuses! Mais je serais toi, je ne prendrais pas autant de celles aux fruits rouges : trop de petits grains. Ça m'a fait mal aux dents. Par contre, géniale la marmelade d'orange! Mais il ne t'en restait que deux pots. La prochaine fois rachètes-en un peu plus, au moins 3 pots. Avec le café, c'est un délice.

Tu sais que tu n'avais pas débranché non plus ta box et ta télé ? Dis donc, un écran plat! Dans une simple résidence secondaire en bord de mer! Ma chère, tu as les moyens! Bon je te rassure, l'humidité ne l'a pas empêchée de s'allumer. Et comme tu as le bouquet des 234 chaînes, j'ai pu me faire plaisir! Ouah toutes les chaînes cinéma! Je comprends que tu sois incollable!

A midi, comme ton chat n'arrivait toujours pas, je suis restée attendre; comme j'avais une petite faim, j'ai cherché de quoi grignoter mais je n'ai pas trouvé grand chose, quelques fruits, alors pour qu'ils ne s'abîment pas, je me suis fait une de ces salades de fruits pour le dessert, je ne te raconte pas! Ton tube de lait concentré sucré y est passé! Et tu as un rhum qui a un de ces bouquets! Il se marie très bien avec le jus de goyave. Mais comme ça n'aurait pas suffi, je me suis ouvert une de tes conserves de foie gras, et une de cassoulet toulousain. Un peu lourd ce cassoulet. Ou bien est-ce parce que c'était pour 4 ? Je n'ai pas trouvé de boîte plus petite. Et tu sais, ma copine Guiguitte, celle qui habite en face de chez toi, elle m'a dit que les bocaux en verre, c'est meilleur pour la santé. Remarque elle n'a pas boudé ton cassoulet en boîte! Du coup, à 4 heures, on a décidé d'un commun accord, après notre petite sieste, elle dans le fauteuil, moi dans le canapé, de faire l'impasse sur le goûter. On s'est juste fait un thé léger. Sans lait vu que tu n'avais plus de lait concentré sucré dans tes réserves. Pourtant on a bien cherché. Ton thé, là, le pueh erh orange millésimé, il est pas mal, j'ai eu peur que ce soit du thé de Chine fumé, mais non. Ouf. Parce que tu sais, moi, le thé fumé, je ne cours pas après.

Du coup, pour le dîner, ça allait mieux. Comme ton chat n'était toujours pas là et que nos maris sont rentrés tôt des champs, on leur a fait un bon gigot aux flageolets pendant qu'ils s'installaient devant un match de foot sur canal +. Heureusement que j'avais pensé dès le matin à chercher dans ton congélateur. C'est pas bête deux compteurs électriques! Comme ça en partant, tu coupes le principal, et le congélo reste allumé. Et plein. Tu penses soutenir un siège la prochaine fois que tu viens ou bien? Pratique, l'électricité dans la buanderie: j'ai pu faire mes lessives de la semaine, et j'ai sorti le gigot dès 8h. Du coup pour le dîner, il a tranquillement fini de décongeler au micro ondes avant de passer au four. Il te restait juste ce qui fallait d'ail. Et tu vois, les flageolets en bocaux, c'est nettement meilleur que les péteux en conserve, moi je te le dis.

Dans ta cave on a trouvé un vin sympa pour accompagner : un Bordeaux Château Rothschild 1989. Coup de bol le vin n'était pas bouchonné. On a eu peur parce que la bouteille paraissait vieille et elle était pleine de poussière (ta femme de ménage est plutôt négligente je trouve. C'est qui? Je suis sûrement moins chère, je peux te faire un devis) Finalement on a eu du pot. L'était pas mauvais ton Bordeaux. Mais moi je préfère les vins de Loire, j'ai vu que tu avais du Chinon rouge et même du blanc. Comme je n'ai pas pu départager on a ouvert les deux. Ben dis voir, tu savais toi que le blanc va très bien avec du gigot ? Bon je l'aurais préféré plus frais mais on a eu beau chercher, on n'a pas trouvé de seau à champagne et de toute façon, tu as oublié de faire des glaçons. On a fait sans. Les gars ont été très sages : ils n'ont pas touché à tes digestifs (la prune était un peu éventée je trouve, mais ton élixir d'Armorique, un délice! Et rien que des plantes, hein!).

Et c'est à ce moment-là que ton chat a enfin fini par arriver! En fin de journée. On lui a changé son bol d'eau et rajouté quelques croquettes. Pour la litière, on s'est dit que ça pourrait attendre le lendemain vu que ça ne sentait pas trop dans la buanderie..

J'ai bien pris soin de tout laver et tout ranger après pour que tu retrouves tout comme avant. J'ai même emporté les déchets pour ne rien salir. Voilà!

Je t'envoie toute ma tendresse, et la petite facture. Car, comme tu as pu le constater, j'ai dû attendre toute la journée que ton chat daigne enfin rentrer. Donc ça nous fait de 8h45 le matin (allons soyons bon prince, j'ai arrondi à 9h) à 21h15 le soir (disons 21h et le compte sera bon) soit 12 heures à 15 € de l'heure (et encore tu as de la chance, nous sommes en dehors de la saison touristique. Sinon je t'aurais compté 20€) ce qui nous fait un total de 15 x 12 = 180€. A payer en liquide, je préfère.

Je ne te compte pas le déplacement pour venir fermer les volets. C'est cadeau. Et puis je n'ai que la haie à traverser.

Nb : Guiguitte te passe le bonjour et elle me dit de te dire qu'elle fait des bocaux avec les légumes bios de son mari. Elle peut te faire des prix si tu prends par lots. A voir avec elle directement. Je te glisse son dépliant.

Pour toi Gwen, là-haut...

De la part de Michèle et de Jo

Avec les mots: amour, fête, amis, la vie, souvenirs

(*Exceptionnellement, ce texte est réservé aux adultes. Enfin, à vous de voir. Mais lisez d'abord. S'il vous plaît.*)

Je me souviens de toi, mon cher Gwen.
Tu as tellement aimé ton école de Ploujean que, en toute amitié, en toute fidélité, tu revenais nous voir, collégien, puis lycéen. Infatigable musicien, tu nous aidais à animer chaque messe, chaque kermesse, chaque fête de l'école. Tu rameutais tes amis. On sortait les guitares, le synthé, le micro (« Bonjour Micro! ») et on chantait. Tout. N'importe quoi. On riait.

Tu es parti trop jeune.
Toi qui avais passé ton enfance à obéir aux parents, qu'est-ce qui t'a pris de te mettre à fumer comme un pompier ? On t'avait prévenu pourtant. Ton amour pour ces mégots t'a fait partir trop tôt.
On ne t'en veut pas pour autant. Mais maintenant tu nous manques.

Ta maman a pris Trudy sous son aile. Elle la balade partout ta peluche singe. Enfin vu son nom, ton singe, c'est une guenon, non?

Quand je pense à toi, mes souvenirs ont un parfum de rire, d'amitié, de joie de vivre.
Sais-tu, cher Gwen, que quand on perd un père, une mère, on devient orphelin.
Mais quand un père, une mère, perd son enfant, il n'y a pas de mot pour appeler ce deuil-là. Pourquoi ? Parce que ce n'est pas dans la nature des choses qu'un enfant (eh oui, même à 40 ans nos enfants restent nos enfants) parte avant ses parents.

Tu n'aurais pas aimé que la tristesse nous garde éternellement. Alors je l'ai chassée et elle a fait place aux souvenirs. Aux meilleurs. Mémoire sélective.
Je me souviens souvent de toi, mon cher Gwen.

Et si sur terre il n'y avait que des gars comme toi, la vie serait bien plus belle

Lettre pour mon voisin

Pour Paul F.

Avec les mots : pierre, mer, escale, cheminée, odeur

Mon cher voisin, je t'écris pour te remercier d'avoir laissé une vue bien dégagée sur ta maison cet hiver. Tu as bien eu raison de couper tes platanes (ou tes tilleuls, d'ici je vois mal et notre voisine mitoyenne a fait mettre un grillage qui m'empêche de traverser son terrain pour venir jusqu'à ton muret. C'est scandaleux). Je serais toi, j'y mettrais des guirlandes de noël, pour égayer un peu. Blanches s'il te plaît. Le bleu me fait mal aux yeux et les multicolores font «lupanar».

Pour un marin de la Marine Nationale, ça fait bizarre de te voir debout sur ton petit bateau de pêche en hivernage sur ta pelouse quand tu le repeins et que tu le bichonnes. Mais non, ne crois pas que je te surveille! Loin de moi cette idée! C'est juste que j'adore voir ce joli bateau sur fond d'arbres! Quelle jolie décoration, c'est dommage que tu le remettes en mer au printemps. Il est bien plus beau que tes nains de jardin. D'ailleurs heureusement qu'ils sont tout petits : je ne les vois pas d'ici.

Je trouve dommage, en repensant à tes arbres, que tu les aies plantés si près de ton très beau muret de pierre. L'été ils me bouchent la vue depuis la fenêtre de mon salon. Ta maison est si joliment rejointoyée que c'est dommage de la cacher à ma vue.

Moi je serais vous, je la rebaptiserais «l'escale» votre maison! C'est fou le nombre de gens qui viennent chez vous pour boire un coup! Vous avez racheté le comptoir de chez Tilly ou bien ? Ce qui me fait penser que ça fait bien quatre ans maintenant que vous avez emménagé et je n'ai toujours pas été invitée. Un oubli de votre part je pense. Sachez que je suis libre tous les samedis midi.

Mon cher voisin, il est de mon devoir de te prévenir aussi que l'été, quand vous sortez le barbecue, l'odeur de vos grillades aux herbes m'incommode par-dessus tout. Même si vous n'en faites pas souvent. Alors je serais toi, soit j'arrêterais cette cuisine nauséabonde et malsaine, soit je la ferais dans la cheminée de votre salon. Oui, lors des travaux, avant que vous mettiez cette hideuse porte à imposte, je venais parfois voir l'avancement de ton travail. Ta cheminée en pierre habille superbement ton pignon. Mais quelle idée saugrenue d'avoir doublé le conduit de cheminée à l'extérieur pour fabriquer ce maudit barbecue. Car même s'il est lui aussi en pierre, et qu'il est original, sur le pignon extérieur, il n'en reste pas moins un barbecue puant.

Par contre, ce chanvre que vous avez mis comme isolant, s'est-il avéré utile ? Je songe à faire faire des travaux dans mon pavillon d'été vois-tu et tes précieux conseils me seraient utiles. D'ailleurs, toi qui as des doigts de fée, je t'ai vu créer ton puits et ton joli garage tout en pierre eux aussi, pourrais-tu donner des conseils à mon gendre ? Il n'est vraiment pas doué de ses mains le pauvre garçon.

Qu'en penses-tu ?

Bon eh bien dans l'attente d'une invitation de ta part, je te salue, mon cher voisin et à très vite.

NB : Si tu as toujours ta remorque et ta petite voiture, je veux bien te la réemprunter, j'ai des déchets végétaux à envoyer à la déchetterie. Ton prix sera le mien. Une bouteille de rouge, c'est ça ? Au moins il m'en reste plein de mon défunt mari, j'ai de quoi voir venir.

Carnet Rose

<u>Pour Solène, Marie-Anne et Julie</u>

Avec les mots : naissances, joie, bonheur, vie, filles

Ce matin je voudrais vous annoncer non pas une mais trois naissances. Je vous présente Elsa, née samedi 22 avril, petite Reine des Neiges et surtout Reine de ses parents, Maëlle, petit crapaud né lundi 24 avril (voir tome 3 texte n°26) et Léa, "Petit Pois" (voir tome 3 texte n°24) née mardi 25 avril; ma première petite nièce par alliance!

Trois jolis nouveaux-nés, ou plutôt "nouvelles-nées" qui vont enchanter le quotidien de leurs parents.
Trois petits lutins qui se portent bien, leurs mamans se remettent doucement, leurs papas aussi.
Que ces trois petites filles apportent la joie et le bonheur dans leurs familles.
Qu'elles aient une vie belle, douce, merveilleuse.

(Et merci pour ma retraite! 3 futures cotisantes de plus!)
Nous reprenons le cours de nos petites

histoires dès demain.

(Message de la cigogne: * En ce moment, c'est que des filles. Je ne sais pas pourquoi. Mais j'aime bien)

Lettre ouverte à Emmanuel et à Marine

De la part de Jo

Avec les mots : Respect, conscience, présidence, avenir, France

Après une mauvaise nuit due à ma soirée télé devant votre simulacre de débat, je me sens investie d'une mission ce matin devant mon clavier : je crois, je pense, je suis certaine que je représente pas mal de françaises et de français en écrivant ces mots (même si ces françaises et ces français l'écriraient avec plus de tact et de diplomatie) :
Qu'est-ce qui vous a pris hier[3] soir ? Non mais, vous êtes-vous entendus parler (crier plutôt)?
Enfin, est-ce un débat digne de deux adultes se présentant en tant que futur président ou future présidente ? Non.
Cette émission de télé réalité tenait plus du match de boxe, même pas, du pugilat entre deux vauriens. Un combat de rue entre deux gangs.

---

[3] mercredi 3 mai 2017 en fait

Dans ma cour de récréation, on séparait nos élèves, voire on en punissait pour bien moins que ça! Allez hop devant monsieur le directeur! Et on convoquait les parents! Parfaitement! Les grossièretés, les phrases méchantes, les tenues agressives et les gestes déplacés, nous les bannissions hors de nos écoles. Parce que nous apprenions le respect à nos élèves. Et vous, qui vous l'a appris ? Personne apparemment.
Bien sûr que dans notre pays, pour l'instant, nous avons encore la liberté de parole mais ce n'est pas la peine de la crier, de la hurler, de vociférer. D'insulter, de couper la parole non plus. Comportez-vous donc en adultes!
Nous ne sommes pas ici pour élire un président de club de football que diable!
Il s'agit de la présidence de la France! De l'avenir de nos enfants! De l'avenir de nos retraités! Bref, de tout ceux qui ont bâti et honoré ce pauvre pays.
Voyez, ô politiciens ô politiciennes, dans quel état vous l'avez mis! Et vous continuez! Quand donc allez-vous vous réveiller ? Qui donc va vous ouvrir les yeux ?
Savez-vous combien gagne un agriculteur ? Je parle de la personne qui vous cultive la terre, se casse le dos chaque jour que Dieu fait, pour vous faire manger. Eh oui, les repas que vous prenez, le pain que vous mangez, c'est grâce à eux que vous en avez plein vos assiettes dorées.

Savez-vous combien gagne un artisan ? Je parle de celui qui vient repeindre votre bureau, à L'Élysée, à Matignon, dans vos appartement luxueux, qui retapisse, qui colmate les fuites, répare les robinets, change les lustres de vos salons. Pas de vos coiffeurs ou chauffeurs personnels bien entendu.

Vous vous plaignez des retraités qui vous coûtent si cher. Il y a peu, ils étaient les actifs qui payaient, de leurs impôts, de leurs taxes, de leurs charges sociales, vos villas à la campagne, vos autos avec chauffeur, vos gardes du corps... votre régime de mutuelle. (Tiens c'est vrai, on n'est pas du tout au même régime là non plus... bizarre bizarre)

Et vous, vous savez combien vous nous coûtez ? Beaucoup trop. Accepteriez-vous d'être payé au SMIC ?

Cessez de vous comporter en enfants capricieux. Déjà vous serez, peut-être, un peu plus crédibles. Et encore.

Madame Le Pen, Monsieur Macron, il n'y va pas que de votre avenir ni de votre petite personne.

Il y va de l'avenir de millions de gens.

En avez-vous conscience ?

L'homme aux 10 000 enfants

Pour Sylvie L.

Avec les mots : voir dans la lettre à Sylvie.

Chère Sylvie, Comme tu me l'as suggéré, je relève ton défi d'écrire une petite chronique sur ton chef de Chorale, Bernard F. Et comme tu as juste oublié de me donner 5 mots, je les ai choisis moi-même. Ce qui n'a pas été une mince affaire car je ne le connais pas personnellement.

Je sais juste qu'il est timide, du moins il l'était en 1994. Car grâce à Marie-Claude, autre choriste et tante de mon petit mari chéri, que Bernard avait accepté de diriger une partie de sa chorale de Morlaix avec une partie de la Chorale de Chevry, dans notre petite église de Locquirec, pour notre mariage. Ce fut un instant magique. Même la poignée d'invités qui refusaient généralement de mettre les pieds dans une église fut conquise et se retrouva sous le charme de cette chorale improvisée.
Au vin d'honneur, Bernard avait disparu. Je n'ai jamais pu le remercier.

Je sais aussi qu'il est modeste. J'ai une amie qui, tout en délicatesse, a coutume de dire « l'arrogance est l'apanage des cons, c'est à ça qu'on les reconnaît. Et à l'inverse, plus les gens ont du talent, plus ils sont modestes». Quand je vais aux divers récitals, de si belle qualité, de son Ensemble Choral du Léon, à la fin de chaque concert, il descend de son estrade dès les premières ovations, pour vous saluer et se placer à vos côtés. Et quand on réclame encore et encore un bis, il se tourne vers nous, foule des anonymes, et c'est nous qu'il dirige alors, comme si nous faisions partie de votre bel Ensemble. Et lorsqu'il a reçu la médaille d'honneur des sociétés musicales et chorales il a dit que cette médaille était « surtout une reconnaissance du travail de la chorale ».

Je sais également que c'est un homme de valeurs. Oui je mets ce mot au pluriel. Car sur sa page Facebook il partage des liens très éclectiques où se côtoient des photos des Agriculteurs de France, un peintre local, un massif de rhododendrons et son Ensemble Choral. Dommage, il manque une photo du Chœur d'hommes.

Je pourrais rajouter que Bernard Fouler est un homme fidèle, bien que célibataire, mesdames. Fidèle à son collège où pendant 44 ans il a été professeur de musique. Où il a vu défiler plus de dix mille élèves. Autant d'enfants qui, quand ils avaient besoin d'un soutien, ont trouvé un enseignant à qui parler. Fidèle, également, à ses collègues car quand, en tant qu'enseignante de CM2 futurs collégiens, je venais présenter ma poignée d'élèves, il savait écouter comme il écoutait les collègues venant présenter leur vingtaine, leur quarantaine, voire plus, d'élèves. Fidèle, enfin, à sa ville, car il continue, même en retraite, de faire le lien entre la mairie de Morlaix et son ancien collège de «Saint Jo » ou le lycée de ND du Mur : échanges scolaires avec des collégiens anglais, des lycéens italiens...

Votre chef de chœur aime aussi la rigueur, tu as raison d'en être fière, chère Sylvie. Car c'est à bon escient. On ne devient pas ténor dans un quatuor chantant avec Éliane Pronost sans cette rigueur synonyme de respect des autres, de travail intensif, de soif de faire toujours mieux. On ne devient pas chef de l'Ensemble Choral du Léon, prenant la suite de l'abbé Roger Abjean, sans la rigueur qui sied aux hommes de valeur. Et s'il est rigoureux avec vous, son Ensemble Choral du Léon, il l'est encore plus avec lui-même. C'est pour que vous soyez encore et toujours à la hauteur de votre réputation. Avec un beau et riche répertoire. Rameau, Vivaldi, Haendel, Fauré. Il vous fait chanter

les plus grands. Il nous fait vous aimer et vous écouter avec recueillement. La messe de Sainte-Cécile de Gounod, un émerveillement. Et nos cantiques bretons, un enchantement.
Soyez fiers, vous êtes notre mémoire vive.

Et je sais une chose sur Bernard Fouler : L'Ensemble Choral du Léon est sa famille. Et il a élevé au rang musical plus de 10 000 enfants.

Merci, Monsieur Fouler.

Lettre à Emmanuel M.

De la part de Jo

Monsieur Le Président, À deux jours de vous voir avec, très certainement, la majorité absolue aux législatives, il me vient quelques interrogations, quelques craintes.

Vous comporterez-vous comme un président de la République intelligent ou bien comme un nouveau despote ? Roi absolu que le pouvoir aura lobotomisé, comme tant d'autres, de France, de Navarre ou d'ailleurs?

Ou bien nous écouterez-vous enfin, nous, la masse de vos citoyens, la foule du peuple français qui ne veut plus voter pour des voleurs, des menteurs, des tricheurs ?
Les médias, désinformateurs, affabulateurs, annoncent déjà vos 5 principaux chantiers :
1: Votre premier chantier, une première loi pour « moraliser la vie politique ». Alors que nous, nous demandons juste d'être gouvernés par des gens honnêtes. L'honnêteté serait donc soumise à une loi ?
2: Votre second chantier : « réformer en profondeur le droit du travail ». Vous dites vouloir donner carte blanche aux

entreprises pour négocier des accords sur le temps de travail, les salaires... Mais vous ne parlez pas de juguler les syndicats, troisième parti politique de France.

3: Dans votre troisième chantier, vous parlez de simplifier la vie des PME... en créant un « droit à l'erreur pour ne pas payer des pénalités ». Ce que demandent les PME est bien plus clair : l'abaissement conséquent des charges sociales (et pas que sur un ou deux ans) qui permettrait aux entreprises d'embaucher. Car les entreprises françaises ont du travail à fournir, de l'embauche à proposer.... mais elles sont asphyxiées, au bord de la rupture et confrontées à une instabilité réglementaire permanente.

4: Dans votre quatrième chantier, vous voulez « réorienter l'Europe ». Et si vous vous occupiez de relever d'abord notre pauvre pays ? Au fait vous parlez de « travail égal, salaire égal ». Voulez-vous donc dire qu'un député travaille plus qu'un agriculteur? Qu'un enseignant ? Qu'un ouvrier ? C'est à voir!

5: Dans votre dernier chantier, vous vous surpassez: Vous vous en prenez encore à l'enseignement primaire! Vous proposez de dédoubler les classes de CP dans les zones en difficultés » (oui, il y a un s à difficulté ici!!). En tant qu'ancienne institutrice jeune retraitée, je peux vous dire que des enfants en difficultés, il y en a dans toutes les écoles, tant publiques que privées. Attaquez-vous donc au vrai problème : arrêtez enfin de parler de « rythmes scolaires » rendez leur outil de travail aux enseignants (formés pour ça pendant 5 longues années). Nous sommes là pour enseigner, comme notre nom l'indique, pas pour éduquer. Rendez-nous aussi les collègues qui ont sué sang et eau pour obtenir leur diplôme d'enseignant en éducation spécialisée pour s'occuper des enfants en grande difficulté. D'ailleurs, vous devriez plutôt légiférer pour que vos ministres ne touchent plus aucune prime à VIE à chaque loi ou décret qu'il fait passer! Au fait savez-vous combien touche un ministre? Et une institutrice en fin de carrière? Et vous parlez d'égalité pour tous?

Monsieur le Président, vous êtes-vous demandé pourquoi plus de 50% de français ne sont pas venus voter ? Nous en avons simplement assez de voter pour des politiciens bien plus intéressés par leur carrière, leur argent que par leur pays. Nous ne voulons plus délivrer de blanc-seing à une bande d'hypocrites. Nous n'avons plus confiance en vous tous.

Peut-être que je me trompe ? Dans ce cas-là, prendrez-vous en compte ces 5 chantiers que je me permets de vous soumettre et qui me semblent prioritaires pour vraiment

commencer à redresser notre pauvre pays :
1: Moderniser et simplifier le statut des élus nationaux : fin du recrutement uniquement auprès de l'ENA. Fin des primes à vie.
2: Interdire réellement le cumul des mandats dans le temps. Avec abolition des privilèges des élus. Quand votre mandat est terminé vous retournez dans le monde du travail. Comme tout un chacun.
3: Refondre complètement le syndicalisme, avec de vrais services offerts aux adhérents, interdiction de leur financement par les seuls contribuables et publication obligatoire de leurs comptes annuels, comme pour toute entreprise.
4: Interdire à l'état de présenter un budget en déficit structurel (c'est à dire hors événements exceptionnels et dépenses d'investissements)
5: Rendre à la Sécurité Sociale sa vraie nature d'assurance maladie : pas de cotisation = pas de couverture; responsabilisation des assurés; aide spécifique aux plus démunis. Les Hauts Fonctionnaires prenant le même statut que les fonctionnaires de base.

La liste des chantiers, utiles et nécessaires pour remettre notre pays à flot, est longue. Je me tiens à votre disposition pour vous la soumettre, face à face.
Merci de votre attention, Monsieur

Emmanuel MACRON, président de notre République, recevez mes sincères salutations et mes espoirs les plus fous.
Jo Le Lay écrivain

NB: Chères lectrices, chers lecteurs, suite à vos nombreuses lectures (plus de 1500 à ce jour) et vos demandes (7 personnes! quand même! plus moi plus mon chéri, on est 9), j'ai envoyé cette lettre. Si, c'est vrai, à l'Élysée. Bon je ne sais pas si ou qui la lira, mais je l'ai fait. La preuve ci-dessous. (Faut-y que je vous aime. Et que je croie ce que j'écris!)

NB2 : je relis ce texte aujourd'hui, lundi 17 juin 2019... deux ans se sont écoulés. Je n'ai jamais reçu de réponse... Étonnant n'est-ce pas ? Aux informations nationales « on » dit que ça va mieux dans notre pays. Bizarre bizarre. Ce n'est pas du tout ce que je vois d'ici.

DIALOGUES

Jean-Paul et Trudy entre les deux tours

Pour Michèle et Annick

Avec les mots : Annick, Michèle, jeudi, refaire, le monde

On est lundi. Le premier mai 2017. En France on est en pleine tempête de l'entre deux tours. En Bretagne aussi. Mais c'est parce que, pour une fois, on espérait la vraie, avec de la pluie. On est servi.
Assis dans le canapé du salon, face à la baie vitrée, plein ouest, Jean-Paul et Trudy savourent leur goûter bien au sec. À la ixième giboulée, Trudy repose sa tasse de chocolat chaud et entame la conversation :
- Ben mon vieux, ça cingle hein.
- Tu l'as dit Trudy.
- Dis-donc, Michèle, elle va voter pour qui au second tour ?
- Pfff j'en sais rien. Elle non plus. Y en a marre de toute cette clique. Faudrait une bonne vieille révolution. Comme dans la chanson. (il est très fortement recommandé d'aller voir le texte n°40... il pourra vous servir pour dimanche... ou pas!)
- T'es pas fou ? C'est déjà le gros bazar! Tu ne

veux pas en plus qu'on zigouille ceux qui restent.
- Ben ce serait la solution. A mort les menteurs, les tricheurs, les voleurs!
- Ouais mais alors là, il ne restera plus personne à élire.
- C'est pas faux.
- On y est jusqu'aux genoux.
- Au moins.
- Tu voterais qui toi si tu pouvais voter ? Marine ? Emmanuel ?
- Angelina!
- Hein ? Angélina... Jolie ? Celle au Brad ?
- Mais nan! Angela Merkel! C'est moi qui la surnomme Angelina Jolie! Ça c'est un homme! Enfin, une femme à poigne! Tu as vu comment elle a remonté son pays malgré l'euro ?! Après tout puisqu'on est dans la zone euro, on devrait pouvoir voter qui on veut. Alors moi je dis : Votez Angela Merkel! Na.
- Non, JP, sérieusement! Pour qui tu voterais ?
- Entre la peste et le choléra ? Je ne vote pas! Vote blanc, vote nul, on n'est pas reconnu. Tu te rends compte que le précédent, le François, il a été élu avec 25% des votants français*!!!! Seulement 25 % de la population! Et ça se dit président des français ???!!! On a vraiment la preuve que le ridicule ne tue pas. Dommage.
- Ouais, on y est jusqu'aux coudes.

- À peine.
- Et pour De Gaulle, c'est vrai ?
- Que quoi ?
- Qu'il n'était pas payé en tant que président*.
- Ouais c'est avéré, et il timbrait lui-même son courrier! Même l'officiel*.
- Des timbrés, on en a plein! Entre l'Emmanuel qui veut remplir des prisons déjà pleine et une Marine qui veut quitter l'euro, on est servi.*
- Et en plus, ils nous coûtent cher ces gars-là, mine de rien on paie 5 présidents! 4 à la retraite Valéry, Jacques, Nicolas, et bientôt François, et le petit nouveau en plus.
- Et aucun des 5 n'est au SMIC hein!* Faut pas rigoler!
- Ah ah ah le club des 5!
- Pis ils ont aussi des boulots de planqués! Députés européens, sénateurs... tout ça tout ça. Bonjour le cumul des mandats.* Et bien payés là aussi!
- Et attends: responsables mais pas coupables hein! Zont tous magouillé, s'en sont tous foutus plein les poches, s'en sont tous sortis! La tête haute et la main sur le cœur! Pas vu pas pris.*
- Ils se fou...ent bien de nous, et ouvertement encore!
- Ouais et on y est jusqu'au cou.
- Complètement.
- Tu reprends un cookie ?

- Bah, un petit sixième et j'arrête.
- JP, j'ai mal au cœur.
- À cause des cookies ? Pourtant ils sont frais!
- Non, à cause de la politique. Je ne voudrais pas être à la place des jeunes... Pour qui voter? Votera ? Votera pas ?
- Annick, jeudi dernier, en train de refaire le monde avec Michèle, elle a dit comme ça qu'il faut fermer les frontières entre la France et la Bretagne.
- Ouais ça serait une bonne chose. On vivrait d'amour et de choux fleurs.
- Et d'eau fraîche! Tu as vu ce qui tombe!
- Bah il ne pleut jamais entre deux averses en Bretagne!
- Dis donc Trudy, finalement on a de la chance tous les deux.
- Pourquoi ?
- Ben on est des peluches et les peluches, ça vote pas!
- Mais, tu as raison! On l'a échappée belle hein!
- Je reprendrais bien un cookie. Pour fêter ça!
- Donne m'en un, pour finir ma tasse de chocolat!

* avéré (journaux tels que le Figaro, le nouvel Ob's et le Point)

Jean-Paul et Trudy tirent leur révérence

Pour les amis des peluches

Jean-Paul, l'ours en peluche et Trudy, le gibbon sans queue en peluche aussi, sont confortablement installés dans le canapé du salon et regardent la télévision. Ils en profitent pour commenter l'actualité du jour, qui ne leur plaît guère.
- Sans Pujadas, ce n'est plus pareil.
- Un seul être vous manque...
- Et nous on se fait ch...
- JP!
- Quoi ?
- Jo a dit, je cite : « Ok vous pouvez vous exprimer, mais pas de gros mot ici ».
- C'est vrai. Respect, Jo.
- Tu sais qu'elle a triplé son pari ?
- Qui ça ?
- Ben, Jo! Elle voulait qu'on l'aide, tu sais pour ses défis.
- Oui, j'ai lu ça quelque part. Dans le Télégramme je crois. Elle y est passée, non?
- Oui et non.
- Comment ça, oui et non ?

- Oui, elle est passée dans le Télégramme et non tu ne l'as pas lu dedans.
- Dans Ouest-France ? Ça m'étonnerait. Je ne lis pas ce canard. On n'y voit que des politocards ou des sportifs hormonés jusqu'au cou. La culture, au placard !
- Non, Pas dans Ouest-France.
- Ben où alors ? Avec Pujadas ?! Ah ah ah !
- Gros bêta ! Souviens-toi ! Où a-t-elle lancé son défi « 5 mots pour une histoire » ?
- Ben sur sa page facebook, Jo.le.lay.ecrivain ! Tu vois, je la sais même l'adresse par cœur ! Mais oui tu as raison ! C'est là !
- Voilà ! Elle voulait écrire 30 histoires, une par jour, pendant un mois !
- Pfff et moi qui suis incapable d'écrire une seule lettre à ma chérie.
- Tu as une chérie toi ?
- Oui, c'est Michèle ! T'as vu comme elle m'aime ? Elle m'emmène partout avec elle ! En voiture, en voyage.
- JP, je ne voudrais pas te décevoir, t'es mon meilleur ami, mais Michèle, elle m'aime aussi.
- Ben oui, elle a le droit.

- Tu n'es pas jaloux ?
- Ben nan, en même temps, on est des peluches hein, alors! Elle a droit d'en aimer deux à la fois. Dis donc, Jo, elle nous aime bien aussi hein!
- Tu as remarqué ?
- Oui!
- Moi, ça m'a fait drôlement plaisir!
- À moi aussi.
- On est un peu comme qui dirait, euh...
- Ses vedettes!
- Oui, c'est ça, ses vedettes. Remarque, là non plus, on n'est pas tout seul
- Comment ça ?
- On a eu la vedette seulement dans deux textes.
- Oui, et ?
- Et Jojo, il en a eu trois.
- Jojo ? L'escargot strip-teaser ?
- Oui. Trois. Au moins.
- Mais Trudy, Jo nous aime quand même hein ?!
- Mais oui! Et tout ça grâce à Michèle! Elle a joué au moins 5 ou 6 fois! Elle a la médaille d'or de la participation active!
- Avec Janick!
- C'est vrai, avec Janick. Surtout que Janick, en plus, elle en invente aussi des histoires! Des belles!

- Oui mais des qui font peur! J'aime pas beaucoup les sorcières.
- Ne t'en fais pas Mamick est toujours là!
- Et tu as vu ? Grâce à ses histoires, Jo, elle s'est fait plein de nouveaux copains, dans le Quercy, dans le sud de la France. Partout!
- Oui il y a plein de nouveaux amis qui la lisent elle est drôlement contente.
- C'est vrai.
- Dis donc elle a écrit combien d'histoires Jo finalement ? 30 ?
- Non. Plus.
- Son défi était pour un mois, non ?
- Si.
- Bon, alors, 31?
- Non.
- Plus ?
- Oui.
- Pas 60 ?
- Non. Plus.
- Plus de 60 ? Elle a écrit tous les jours une nouvelle histoire plus de deux mois de suite ?
- Oui. Plus que deux mois même.
- Pas trois mois ?
- Plus!
- QUOI ? Elle a écrit plus de trois mois ?
- Ben oui puisqu'on est la 98ème

histoire !
- Elle va faire les 100 textes alors !
- Elle est bien partie pour !
- Un par jour pendant 100 jours ?!
- Oui Monsieur !
- Ben dis donc beau défi quand même !
- Et elle n'a pas fait qu'écrire des histoires ! Il y en a eu pour tous les goûts ! Des contes, des aventures, des poèmes, une chanson. Même un roman !
- Et des chroniques.
- Et des nouvelles.
- Trudy, je ne comprends pas la différence entre une nouvelle et une chronique. Et toi ?
- Facile ! La chronique parle des bruits, des rumeurs qui circulent. Ou bien des petites histoires dont on parle. Il y a souvent un ordre. Chronologique. Tu vois dans ses « petites chroniques nuptiales », Jo a classé dans l'ordre historique les rencontres de ses personnages. De la rencontre la plus ancienne à la rencontre la plus récente.
- Sauf la dernière.
- Oui c'est vrai, sauf la dernière mais c'est fait exprès. Elle est un peu triste celle-là. Jo ne voulait pas « casser l'ambiance ».

- J'ai adoré ce bouquin.
- Moi aussi.
- C'est beau l'Amour. Et les nouvelles ?
- Les nouvelles quoi ? De Pujadas ? -
- Non la différence entre les chroniques et les nouvelles!
- Les nouvelles, ce sont des histoires courtes, avec un seul personnage ou deux. Trois au grand max. Compris ?
- Compris!
- Bon eh bien à toi de t'y mettre maintenant!
- À écrire ? Ah non non non! Je n'ai pas les idées moi! Je cause, j'écris pas!
- Non tu es censé ne pas causer!
- Pourquoi ?
- On est des peluches je te rappelle. Les peluches ne parlent pas.
- Dommage. Dis donc, Trudy ?
- JP ?
- Elle va en baver Jo avec notre texte.
- Pourquoi ?
- C'est un dialogue.
- Oui, c'est un dialogue, entre toi et moi.
- Ben alors Jo va en baver parce que l'éditeur de textes ne va jamais à la ligne tout seul! Elle va devoir le faire manuellement. Donc...
- Plus on cause plus elle aura de tirets à mettre!

- Voilà! Et après chaque phrase elle devra pousser chaque tiret pour le recaler à la ligne suivante.
- La pauvre!
- Remarque il y a un truc qu'on peut faire pour elle.
- Quoi donc ?
- On se tait.
- Oui. On se tait. Et on regarde les infos en silence. Plus de dialogue, plus de tirets.
- Oui, mais plus de Pujadas non plus.
- C'est vrai. Bon, viens, on éteint cette télé et on va goûter. C'est bien aussi ça, le goûter. Et puis c'est l'heure!
- Bonne idée! Allons-y! Salut chers lecteurs!
- Et salut chères lectrices!
- On veut revenir vous voir alors...
- Abonnez-vous à la page Facebook de Jo Le Lay écrivain!
- Ou écrivez-lui que vous aimez ses textes sur son m@il!
- Ouais! jo.lelay29@gmail.com. Elle vous remerciera en personne!

BD

La la la la la laaaaa!

Pour tous mes amis présents ou absents

Avec les mots : cap, gâteau, cadeaux, Irish coffee, BD.

Je me lance, je suis émue... Chères lectrices, chers lecteurs, voici ma PREMIERE BD!!! (Oui je sais, c'est pas gagné, BIBI je t'avais prévenue!)

4) J'ai été gâtée ~~on a échappé à Mélenchon et Fillon et~~ Non ! On a dit PAS DE POLITIQUE ! c'est l'anniversaire de Jo ! Et il y avait plein de bonnes choses à manger (et à boire)

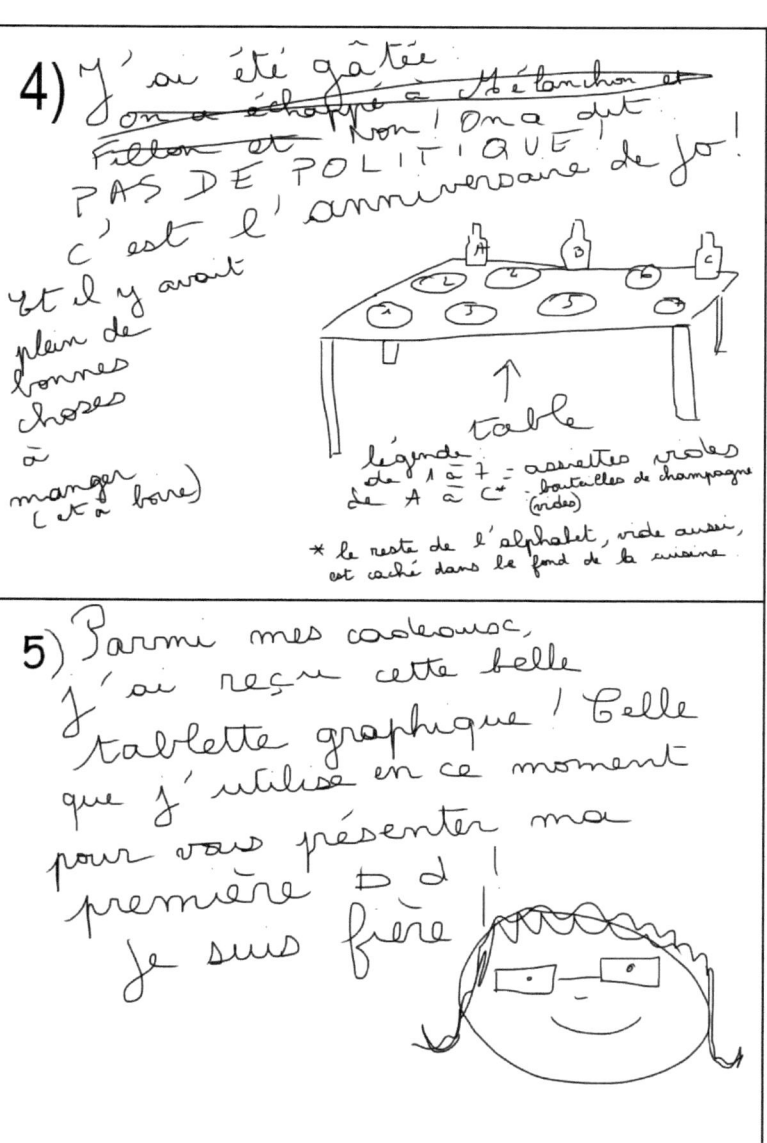

↑ table

légende
de 1 à 7 = assiettes vides
de A à C* = bouteilles de champagne (vides)

* le reste de l'alphabet, vide aussi, est caché dans le fond de la cuisine.

5) Parmi mes cadeaux, j'ai reçu cette belle tablette graphique ! Celle que j'utilise en ce moment pour vous présenter ma première BD !
Je suis fière !

6) À 18h on arrivait au gâteau d'anniversaire! Il était beau! Un magnifique macaron à la framboise, miam!
(Vous avez vu? Je sais taper un texte!)

On a ouvert une petite bouteille pour trinquer à mes 🍇 ans.

(NB je sais intégrer des photos aussi!)

7) À 19h45, je suis allée aider mon chéri à faire quelques irish coffee, demandés à cor'et à cri par les deux Fred....on avait quasiment tout....

Manquait la chantilly alors j'ai pris de la crème fraîche et du sucre et j'ai battu à la fourchette. Au moment de l'incorporer DÉLICATEMENT dans les verres, par dessus le whisky sucré puis le café fort, elle a failli couler! J'ai eu peur pour les 3 couches. Bah non! Elle a fini par flotter, façon iceberg, OUF.

← couche C l'iceberg
← couche B: café fort
← couche A: de whisky sucré, bien dense

méplat du verre →
pour le tenir penché, sans
se brûler quand on verse
les couches A et B

> 8) Ce fut un très bel
> Nanno, nini, euh naniversaire!
> On a bien ~~ri~~
> Euh, bien ri.
> On a bien aimé
> Notre journée.
> Emmanuel aussi, je crois.
> Mais pas forcément
> Pour les mêmes
> Raisons.
>
> Mais ce matin, je n'ai pas trop faim. Et s'il vous plaît, même si vous avez adoré ma première bd, n'applaudissez pas trop fort. Mal aux cheveux. Mal dormi. Trop de café je crois.

Allez c'est promis, demain je prends mon premier cours de dessin.

FIN

Surprise …

Haïkus

Voici, en guise de fin, un petit exercice que je me suis imposé quand je suis entrée au CEL. J'avais déjà étudié ces petits poèmes japonais avec mes élèves de cycle 3. On doit se plier à quelques règles, simples mais incontournables, que voici:

Un haïku comporte un seul tercet (c'est un poème de 3 vers).

Le premier vers est composé de 5 pieds, le second vers de 7 pieds et le dernier vers de 5 pieds comme le premier.

Le tercet comporte une émotion.

Il doit avoir un rapport avec les saisons et/ou la nature.

Il comporte une césure (une rupture, une opposition).

Voici quelques exemples que j'ai écrits à la volée lorsque nos animatrices nous ont proposé une randonnée-écriture (seulement 4 km!) un jeudi soir dans les bois des alentours de Locquirec. Le premier exercice, qui m'a inspiré ces haïkus, portait sur nos sens. Saurez-vous trouver ceux que j'ai mis en scène?

**Du bois de Menguy
Un bref appel retentit:
Le chant d'un oiseau.**

**La cime du pin
Un si doux frémissement.
La fraîcheur du vent.**

**Au pied de l'arbre
Feuilles humus et champignon.
La pluie a cessé.**

**Sur un tronc couché
Vaincu par la tempête
Deux coeurs enlacés.**

**L'eau de la rivière
En cet instant rafraîchit
Mon gosier brûlant.**

Ouïe, Toucher, Odorat, Vue, Goût

Postface

Vos questions, mes réponses

Parfois, au gré de mes messages, je vois que vous me posez souvent les mêmes questions. Voici quelques réponses. Pas toutes les réponses, je garde quelques secrets d'écriture!

La première question, la plus souvent posée :
- *Est-ce difficile d'écrire ?*
  > Je vous rassure : écrire ne me fait pas mal du tout. Heureusement car je suis très douillette.

Suivent les questions du genre :
- *Où trouves-tu l'inspiration ?*
  > Eh bien, chez vous! Si je vous ai demandé 5 mots c'est parce que c'est juste le bon nombre pour vous deviner, vous cerner, trouver le fil que vous voulez que je déroule pour vous... Alors tout devient limpide et... je ne prends évidemment jamais ce chemin que vous me tracez! Savez-vous que, pour quasiment chaque mot que vous me donnez, je trouve une autre définition que la vôtre ? Prenez par exemple le texte n°30 avec les mots :

plaisir, plage, sable, maillot, nue....
orienté le texte hein ? Ben au lieu de
partir chez les nudistes, j'ai inventé
Jojo... l'escargot au strip-tease
torride! Et puis, quand, j'écris, devant
mes yeux, j'ai un paysage magique de
pelouse de plantes, d'arbres,
d'oiseaux. J'ai vu passer un beau
renard il y a quelques semaines.
Véridique. Inspiration...

- *Comment as-tu fait pour écrire tous les jours ?*

C'est simple : vous vous levez tous les
jours, vous mangez tous les jours. Moi
aussi. J'écris comme je vis. C'est mon
don. Et puis j'ai mes conseillers privés
: Zig et Portos. Mes furets. Je les sors
tous les matins, on prend notre petit
déjeuner ensemble. Pendant une
grande heure, on joue ensemble. Je
réfléchis en jouant... et crac quand ils
vont jouer ailleurs, l'inspiration est là.
Et puis j'écoute beaucoup de musique
en boucle. Les Pianos Guys. Ed
Sheeran. Vivaldi. Du Gospel. Très
éclectique. Même quand je ne publie
pas, j'écris un peu, tous les jours.
Comme un sportif s'entraîne, comme
un musicien fait ses gammes, j'écris
des mots.

- *Comment t'y retrouvais-tu ? Comment programmais-tu tes histoires ?*

    J'ai deux blocs notes. Un petit sur lequel j'écrivais vos mots, dans l'ordre chronologique de vos demandes. Le second, plus grand, me servait de cahier de brouillon, pour y mettre mes idées de départ, mes « fils rouges ». Parfois je n'avais pas besoin de ce "brouillon". Parfois si.

- *Quels textes t'ont été les plus difficiles à écrire ?*

    Paradoxalement, ce sont les textes pour mes proches : la peur de les décevoir sans doute. Ou le fait de trop bien les connaître. Pas facile alors de les étonner. Et peur d'ennuyer les lecteurs inconnus avec des trucs trop personnels.

- *Ton plus gros défi ?*

    Les 40 mots de Pierre! Heureusement, 40 est un multiple de 5.....! C'est ce qui m'a donné l'idée du roman aux 8 chapitres.

- *Ton défi le plus fou?*

    Avoir envoyé sa lettre à Mr Macron, président de la République.

- *Mais, pour les gens que tu ne connaissais pas, comment as-tu fait ? Ils ont des scores de "oufs".*

    Je suis allée me balader sur leur page Facebook... des photos, un commentaire et hop le profil est tracé. Y a plus qu'à. Et comme ils ont aimé, ils ont partagé! Je les remercie encore une fois d'ailleurs car au départ j'avais écrit pour une seule personne, là-bas, dans le Quercy. Il a partagé. De 75 abonnés je suis rapidement passée à 96! Ils ont éclaté le score! Et avec un peu de chance, je vais arriver à en faire venir en Bretagne à la fin de l'été! Elle est pas belle la vie ?! Et avec encore plus de chance, je ferai se rencontrer les Quercynois et les Bretons!

- *Qu'est-ce qui t'a motivée ?*

    D'abord: vous bien entendu! Au risque de me répéter, je vous dirai qu'un écrivain qui n'est pas lu, ce n'est pas un écrivain. Ensuite: les amis qui me connaissent. Sachez que vous devez tout quasiment à Janick. Eh oui. En novembre, devant le refus d'un ixième salon du livre de m'accepter, j'ai voulu tout arrêter. De toute façon les prix d'impression ont explosé. Je ne peux plus m'auto-éditer. Et je ne veux pas augmenter le prix de mes livres; Je vous l'ai écrit sur ma page. Moins de 10 mn plus tard, Janick répondait que je ne devais pas arrêter! Parce que vous, sur Facebook, vous vouliez encore me lire. Merci Janick, merci vous toutes vous tous. Enfin: il y a eu celles et ceux qui ne voulaient pas participer ou qui n'avaient pas le temps, ou pas l'inspiration, et dont les proches ont joué pour eux. Crac le miracle! Ils (elles) ont lu et partagé aussi! Effet boule de neige.

- *Quel est le nombre quotidien de vues de tes textes ?*

J'ai eu, pendant mes défis, jusqu'à 96 abonnés, 98 personnes aimaient ma page. Vous étiez quand même entre 150 et 200 à me lire quotidiennement. Avec mes 4 mousquetaires[4] en tête! Avec des pointes à pas loin de 300 vues.

- *Quel texte a eu le score le plus fort ?*

La chanson sur la musique de la carmagnole a fait près de 300 vues... Puis il y a eu la lettre à Emmanuel et Marine après leur débat... On en est à 958 vues ce matin. Je pense que

---

[4] *NDLR : Merci à Janick, Fabienne et les deux Fred!*

l'illustration faite par Christian Faure y est pour quelque chose, le Quercy a dû venir faire un petit tour... Tant mieux!

- *Quel texte t'a le plus émue ?*
Alors là, c'est personnel comme question. Je dirais celui que j'ai écrit « à la volée » (sans réfléchir, sans les 5 mots, sans demande) à la mort de Robert, le frère de ma grande amie que je considère comme ma grande sœur.

- *Le texte dont tu es la plus fière ?*
Euh. Tous en fait! Ce sont mes bébés! C'est certain que je suis parfois un peu plus fière de l'un ou de l'autre. Mais je ne vous dirai pas de qui. Les autres seraient jaloux!

- *Tu es très éclectique: roman, poèmes, nouvelles, contes pour enfants, chansons... quel genre a été le plus difficile à écrire?*
Tous les textes sont difficiles au départ: Je ne savais ni où j'allais, ni si mes histoires plairaient. Par contre, ce sont les poèmes qui m'ont pris le plus de temps. Je n'en avais plus écrit depuis des lustres. Je m'y suis prise quelques jours à l'avance. Surtout

pour le premier car la personne qui m'avait donné 5 (groupes de) mots est une littéraire très cultivée. Je ne voulais pas me rater! Et je n'écris pas que pour les enfants! Tout le monde peut me lire! De 6 à 107 ans! Je ne fais aucun sectarisme.

Si vous avez d'autres questions, venez me retrouver je suis chaque jour sur ma page FB « Jo Le Lay écrivain »!

CONCLUSION & REMERCIEMENTS

Non mais vous vous rendez compte ??? On l'a fait!!!!!!!!!!!!!

Pour : Adrien, Agnès, Annick, Aurélie, Bernard F, Bernard L Bibi, Caroline, Catherine T, Chantal, Chloé, Chloé LM, Christine (Kiki)Cléa, Clément, Christian, Clovis, Danielle, Élisabeth, Élodie B, Émeline, Emmanuel, Éva, Fabienne, Fanch, Fred B, Fred C, Frédérique, Guillaume, Gwen, Hervé, Janick, Janine, Jean-Claude, Joël, Julie P,Katell, Lise B, Lise G, Magelline, Marie & Jacky, Kiki, Marie-Anne, Marie-Neige, Marie-Pierre, Marie-Thérèse, Marique, Marie-Claude L, Michel, Michel S, Michèle, Michelle,Mimile, Ney, Nicole SdL, Pascale, Patrick, Paul, Philippe, Pierre, Pierre L, Robert, Rokdun, Sandrine, Sophie L, Sylvain, Sylvie L, Théo, Tylah, Vava, Véro Fa, Véro Fi, Véronique K, Yveline, Yves, Zoé, et toutes celles et ceux qui n'ont pas facebook ou bien qui n'ont pas osé jouer à notre défi mais qui ont lu vos histoires. Un GRAND merci!

Je voulais savoir si j'étais capable d'écrire, chaque jour, une nouvelle histoire pour une nouvelle personne, connue (trop facile!) ou inconnue (moins facile quoique).
Je voulais « tenir » un mois...
Notre défi s'est prolongé pendant... plus de trois mois! Soit 100 textes : des nouvelles, un roman, 1 chanson (tous à l'Olympia!), trois poèmes (dont un sonnet), quelques contes et histoires pour enfants, quelques chroniques ... Je me suis régalée. En espérant vous avoir régalé aussi!

Je remercie tout particulièrement mes trois « mousquetaires » qui sont 4... Chaque matin, je regardais lequel (ou laquelle car il sont deux hommes et deux femmes) "likait" le premier!
Les deux Fred, Fabienne et Janick! Chacun ayant cédé la place aux trois autres quasiment à tour de rôle! Ils ont été parfois, rarement, « grillés » par la personne du jour qui, par messenger, était prévenue la veille que son texte paraîtrait

le lendemain.

Ce petit concours interne « qui va lire le texte de Jo le premier » va me manquer! Ces quatre mousquetaires ont lu LES 100 TEXTES! Si d'autres que mes mousquetaires l'ont fait aussi, vous voudrez bien vous « dénoncer » ? Que je vous remercie personnellement. Parce que je serai drôlement fière!

La palme des commentaires quotidiens revient à Janick. Elle ne m'a jamais lâché la main : tous les jours, elle a trouvé une phrase pour me remercier, m'encourager.

La palme des participations revient à Michèle, secondée il est vrai par Jean-Paul dit JP pour les intimes, et son copain Trudy.

Je vais clore ce beau défi par ces remerciements. Je ne veux pas lasser celles et ceux qui ont joué plusieurs fois. Je ne veux pas lasser les lectrices et les lecteurs.

MAIS je ne vous laisse pas tomber! Ah ça non! Certaines et certains d'entre vous ne connaissent pas mes premières histoires. Les « Contes et Légendes de Locquirec ». Alors si ça vous plaît, j'en mettrai un peu chaque matin. Et de temps en temps j'en rajouterai une inédite. Si le cœur vous en dit.

Au fait, je n'ai pas leurs noms, mais grâce à ce défi que vous avez relevé, le nombre de mes abonnés a grimpé de 71 à ... 96! Je voulais atteindre 100 mais quand même 96, c'est pas mal, hein!
Merci aux Quercynois, aux Périgourdins (Périgordins?) aux Bretons, aux Parisiens, merci aux Québécois! Merci à toutes et tous! A très vite, promis.

Nb : finalement il y a eu 102 textes! Le n°35 bis le jour de Pâques, et le n°101, parus tous deux dans le tome 3 « les nouvelles ». Demandé quelques jours après la clôture de mon défi mais qui valait la peine!

Autres livres du même auteur

❖ Collection « Cinq mots pour une histoire »

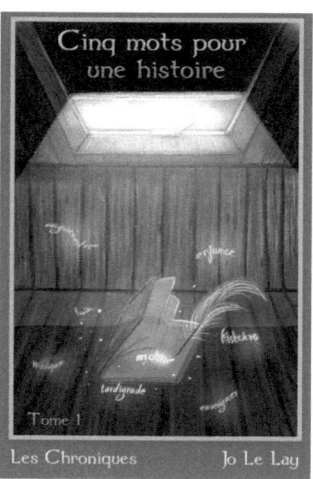

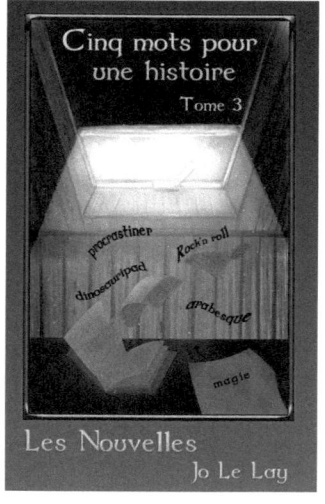

❖ Collection « Contes et Légendes du Pays de Locquirec »

❖ Collection : « Petites Chroniques »

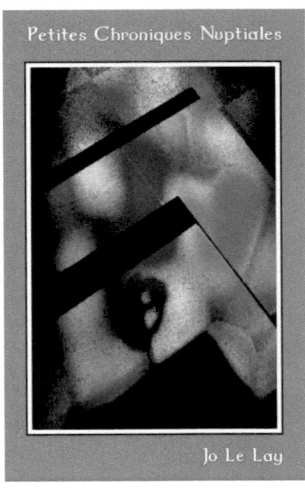

Contact

jo.lelay29@gmail.com

Page Facebook

https://www.facebook.com/jo.le.lay.ecrivain

Commandes

Tous les volumes de la collection « Cinq mots pour une histoire » ainsi que « Les Petites Chroniques Nuptiales » sont disponibles en livre imprimé et en ebook sur toutes vos plateformes habituelles :
AMAZON, FNAC, CULTURA, DECIDE, CHAPITRE …

Photo de Couverture
Marique Altariah

Mise en page
BMA Web Conseil
bmawebconseil@gmail.com